任せなせえ

浮世絵宗次日月抄 下

新刻改訂版

……山城の酒薄く　呑《の》むに堪《た》えざれば
君に勧《すす》む且《しばら》く吸え　杯中《はいちゅう》の月《つき》……
洞簫《どうしょう》声断つ　月明《げつめい》の中《うち》
惟《た》だ憂《うれ》うは　月《つき》落ちて
酒杯《しゅはい》の空《むな》しからんを……

（蘇《そ》

写真・文／編集部・amanaimages・アフロ

夢と知りせば……私《わたくし》にとって大切な**彼《あ》の御方《おかた》**は若き頃より朱《しゅ》の五重塔《ごじゅうのとう》や清水《きよみず》に手が届く平《へい》安神宮《あんじんぐう》に**武徳殿《ぶとくでん》**を旗本家の力で創建し**武《ぶ》の力《ちから》**を**徳川《とくがわ》の力**に昇華させる事が夢でございました。

彼《あ》の御方《おかた》の剣術道場に時折《ときおり》京《みやこ》の**高瀬川《たかせがわ》の神**であると名乗る見窄《みすぼ》らしい不思議な老師が訪れ**剣《つるぎ》の神《かみ》**になりたくば**東山《ひがしやま》の神木《しんぼく》**を高瀬川で運ぶべしと説いて泡雪《あわゆき》のように消え去ったと申します。

思ひつつぬればや人の見えつらむ
夢と知りせば覚めざらましを
時《とき》に朱《しゆ》の衣装《いしよう》を纏《まと》い彼《あ》の御方《おかた》を想い、
桜吹雪《さくらふぶき》を浴びて舞う私《わたくし》に小野小町《おののこまち》様は
恋《おも》い歌《うた》を優《やさ》しくお寄せ下されて。

新刻改訂版

任せなせえ(下)

浮世絵宗次日月抄

門田泰明

祥伝社文庫

目次

任せなせえ　第一部

一

東山《ひがしやま》三十六峰静かに眠る頃、月隠《かく》れて暗い苦集滅道《くずめじ》の坂を小さな旅提灯《たびちょうちん》の心細い明りを頼りに、飄飄《ひょうひょう》として見えるゆったりとした歩き様《よう》で西へ——鴨川《かもがわ》方向へ——と下る黒い姿影《しえい》一つがあった。

夜空を覆《おお》いながら微塵《みじん》も流れ動く様子がない破れ雑巾《ぞうきん》のような雲のそこかしこから、炭火が弾《はじ》けたかのような無数の星が間近に大きく瞬《また》いて見えている。

「こりゃあ、どうやら迷っちまったい。真っ昼間から大津《おおつ》で旨い酒に誘われたのが、そもそもいけねえやな」

大津から京《みやこ》へ入った旅人らしいのが一人言を吐いたとき、旅提灯の心細い明りがジジジッと小さく泣いて消えてしまった。

が、旅馴《な》れているのか、それとも肝っ玉がすわっているのか、暗闇の中で慌てる気配は生じず、石打ちの音がしたかと思うとやがてまた新しい明りが提灯の中で揺れ出した。

「仕方がねえ。何処《どこ》ぞで寝るか」

と呟《つぶや》いて、手にする旅提灯が右へ回り、左へ回りした。旅提灯に界隈《かいわい》の家や森や川を浮き上がらせる程の明るさはないから、この旅人らしいのは夜目でも利くのであろうか。

「あれは……と……神社かな」

やはり夜目が少しは利くのか、旅提灯の明りは街道からはずれて気後《きおく》れなく草繁《しげ》る中へ踏み込んだ。驚いた小虫が雑草の中から舞い上がり、提灯の明りの中で無数の白い埃《ほこり》のようになる。

雑草をうるさく踏み鳴らしてどれ程か進むと、提灯の明りは人の背丈《せたけ》ほどの竹垣に突き当たった。

提灯は暫《しばら》く——といっても半町ばかり——竹垣沿いに進んで右に緩く曲がり、そして地に敷き詰められた白玉石を不意に浮き上がらせた。

明らかに寺か神社の境内《けいだい》に入り込んだかと思われた。

「いきなり白玉石の境内とはな……行儀悪く裏手からでも入りやしたかえ」

ボソッと呟いて、提灯の明りは白玉石の上を進んだ。墨色《すみいろ》の闇の中に敷かれた白紙《しらがみ》の上を、心細い明りを頼りに方角も判《わか》らず歩いているようなものだ。

と、雲が流れたのか、それとも一陣の風が雲の端くれでも吹き飛ばしてくれたのか、月明りが地上にこぼれた。おだやかな明りだ。

「お……有《あ》り難《がて》え」と、提灯を持つ旅人らしいのは天を仰《あお》いだ。

その直後に雲は再び月を隠して闇をこしらえたが、男の顔、姿形《なり》はしっかりと闇の中に残した。

すらりと伸びた背丈はおそらくは五尺七寸をこえるか。のびるに任せてあると見え顔の下半分は濃すぎる髭《ひげ》で面相がまともに判らぬほど。

姿形《なり》はと言えば貧乏長屋に住んでいる町人の旅姿としか言いようがなかった。しかも着ているものは相当にくたびれている。

また月明りが地上に落ちてきた。

今度は長かった。まぎれもなく白玉石を敷き詰めた神社の境内と思われた。

左手の方、奥に拝殿《はいでん》、その近くに幣殿《へいでん》らしきものがある。いずれも古そうで大人の背丈ほどの垣でしっかりと囲まれているが、それが聖域を護《まも》るための瑞垣《みずがき》とでも称するものなのであろうか。

再び闇が訪れたが、提灯の明りは墨色の中に没した幣殿らしき建物の方へ迷わずに近付いていった。

幣殿とは普通、本殿と拝殿の間に建てられる場合が多く、幣帛《へいはく》（神前への御供え物）を捧げる建物である。

その幣殿のそばまで行って、頭上に提灯を上げた旅人の口から「有難い……」と短い言葉が漏れた。

幣殿の後方に、こちらを向いて建っている小さな建物が、ぼんやりと見えた。提灯を足元に下げると、その建物は闇に溶けてしまったが、提灯の主《ぬし》はその位置を目指して真っ直ぐに進んだ。

矢張り夜目がかなり利くようだった。

十二、三間《げん》ばかり進んで、玉石を踏む音が鎮《しず》まり、提灯の明りの中にその小さな建物は姿をはっきりと浮きあがらせた。これも拝殿、幣殿と同様、古そうだった。

「へえ……小造りで古いが、なかなかに立派に出来ていなさる。流造《ながれづくり》とでもいうのかねえ」

うらぶれた旅姿のヒゲ面町人には余り似合わない、流造という言葉がその口から出た。

神社建築様式の言葉であった。祭神や信仰には関係なく奈良時代から用いられてきた社殿建築の様式であって、代表的なものに京《みやこ》の賀茂別雷神社《かもわけいかずちじんじゃ》（上賀《かみが》茂《も》神社）や賀茂御祖神社《かもみおやじんじゃ》（下鴨神社《しもがもじんじゃ》）などがある。

「ま、造りはどうでもいいやな。ちょいと一晩お借りしますぜ」

旅人は小造りな流造のまわりを一回りしてから、もう一度正面に立って建物を仰ぐと、そっと拍手《かしわで》を打った。

「建物は切妻造《きりづまづくり》で屋根はと……檜皮葺《ひわだぶき》だな」

そう呟きつつ階段を上がって高欄付きの回縁《まわりえん》に立った。

「じゃ、甘えさせて戴きやす」

旅人は扉に手を掛けて、手前に引いた。

軋《きし》みもしないで開いた。錠は下ろされていなかった。

提灯の明りで内部《なか》には何も無いと確かめた旅人は、火事を警戒したのか提灯を顔の前まで持っていき、明りを吹き消した。

「夜が明けた時のこの辺りの景色が、楽しみだあな」

そう言って旅人は扉を閉じた。

何ということか、すぐに静かな寝息を立て始めた。このような場所で、このように眠ることなど馴れ切っているような素直さだった。闇への恐れも、神域への怯《おび》えもまるで無いかのような。

突如、何匹もの野犬の遠吼《とおぼ》えが、東山に轟《とどろ》いた。いや、野犬にしては尾が長すぎる吼え様《よう》だ。力強い、堂堂とした吼え様だ。

もしや狼《おおかみ》か。

それでも、旅人の安らかな寝息が乱れることはなかった。

長く続いた遠吼えはやがてやんで、ときおり扉の向こうで夜風が鋭い音を立て出した。

夜が深深とふけてゆく。

東山三十六峰にそれこそ数えきれぬほどに御座《おわ》す神と仏。それらが目をお覚ましになる深い深い闇がいよいよ旅人に迫りつつあった。

旅人は夢を見た。美しい女の夢だった。

豊かな乳房に恵まれた、雪のように白い肌の裸体だった。

だが、旅人にはその裸体が、男《おのこ》にしか見えなかった。

豊かな乳房に恵まれていながら、しかも成熟しきった男《おのこ》の証《あかし》をも有している裸体——旅人の夢は、そのように見えたり見えなかったりしながら、夢そのものを激しく揺さぶった。

にもかかわらず、旅人は一方で、自分が安らかな寝息を立てていることを感じ取っていた。

「宮小路《みやのこうじ》高子《たかこ》についてもっと詳しく知りたくば、一度京、大坂へ参られよ。但し、其方《そなた》の命があったらばじゃがのう」

夢の中で澄んだ声が響いた。乳房がやわらかに揺れている、誘《さそ》っている、揺れている……。

旅人は目を覚ました。全く不快ではなかった。心地よく目を覚ました。

余りに明るいので、旅人は上体を起こして少しねじり、頭にして寝ていた方——後ろ——を見て驚いた。

いつの間《ま》にそうなったのか両開きの扉は開け放たれ、射し込んでくる眩《まぶ》しい朝陽《あさひ》を背にして、回縁に幾つもの顔があった。旅人にとっては目にしみる逆の光だったが、野良着を着て、鍬《くわ》や鋤《すき》を手にした百姓たちと判った。

「いけねえ」

と小声を漏らした旅人は、百姓たちに向かって正しく座った。

「申し訳ねえ。江戸からの旅の者《もん》だが、京《みやこ》へ入る道を選び間違えてしまいやして、この社《やしろ》で一夜を明かさせて戴きやした」

旅人はなめらかに言い、床に両手をついて軽く頭を下げた。それは「地元の民百姓《たみひゃくしょう》と神社との結びつきは強い」と識《し》る者の作法のようであった。

「さよか、江戸から来《き》いはりましたんか」

鋤を手にした白髪《しらが》の老百姓が、人の善さそうな顔立ちの中で目を細めた。

「へい。はじめての京へ向かっての旅でござんして……ここはもう京の町中《まちなか》でござんすか」

「京は京でも町はずれ、と言うたらええかいな。いわゆる東山の裾野の畑地ですわ」

「おう、ここが東山……京の東山の名は江戸でもよう く知られておりやす」

「どうやら大津から阿弥陀《あみだ》ヶ峰《みね》（豊国《ほうこく》山）越えの苦集滅道《くずめじ》を選んで京へ入りはったようやな。けんど苦集滅道も、三条粟田口《さんじょうあわたぐち》に入る街道と並ぶ大事な道や」

「私《あつし》は、その三条粟田口へ入る積もりで、大津を発《た》ちゃした」

「そうでっか。ま、どっちが正しゅうて、どっちが間違いという訳でもあらしませんわ。両方とも京へ入る大事な街道や」

「阿弥陀ヶ峰越えの苦集滅道というのは、私《あつし》は今日はじめて知りやした」

「秀吉《ひでよ》っさんて知ってますやろ？」

「太閤《たいこう》殿下……豊臣秀吉《とよとみひでよし》さんですな」

「その秀吉っさんの亡骸《なきがら》の葬られていますのが、阿弥陀ヶ峰ですねん」

「そうでしたかい。知りやせんでした」

「秀吉っさんを葬ったあと阿弥陀ヶ峰では色艶《いろつや》のよい大きな松茸《まつたけ》がたんと採れるようになりましてな。さすが女好きの秀吉っさんの葬山《ほうむりやま》や、言うて地元の百姓は有り難う思てます」

「へえ、色艶のよい大きな松茸がたんとねえ（歴史的事実）」

「今でも近くの寺寺の若い僧たちは、秋の松茸の時分には挙《こぞ》って阿弥陀ヶ峰の赤松林へ採りに入られますわ」

「なるほど……」

頷《うなず》いてゆったりと立ち上がり、少し退《さ》がっていく百姓たちに合わせて旅人は回縁に出た。

「おう、これはまた……」

旅人は思わず感嘆《かんたん》の声をあげた。白玉石が敷き詰められた広大な境内は、満開の桜で四方を囲まれていた。

「なんと綺麗《きれい》な。桜の満開には、まだ少し早いと思っておりやしたが」

「京の桜は見事ですやろ」

「大変に美しい、とは聞いていやしたが、なるほど、江戸の桜とはまた違いやす。どことのう、上品な花の色でござんすねえ」

「江戸からの旅の御人《おひと》に、そう言うて貰《もら》うと嬉しいでんな。こんな所で朝を迎えたということは、あんさん朝飯はまだですやろ」

「へい」

「味噌汁《みそしる》と漬物しかないけど、儂《わし》んとこで食べたらええわ。ついておいで」

「し、しかし、会《お》うたばかりでそのように厚かましいことは……それにこれから皆さん、畑仕事でござんしょ」

「畑は直《す》ぐこの裏手でな。木花咲耶姫命《このはなのさくやひめのみこと》、大山祇命《おおやまつみのみこと》、天津日高彦火瓊瓊杵尊《あまつひたかひこほのににぎのみこと》、を祀《まつ》る三島《みしま》明神の御領所を儂らで耕していますんや。そんで、この前を通ったら扉を開けっ放したまま、あんさんが安らかに眠ってはるんで、びっくりしましてなあ」

「三島明神……というのですか、ここは」

「そうや」

「扉が開けっ放しでしたか……しっかりと閉めて眠った積もりですがねい」

「ははは、そしたらキツネが女に化けて開けましたんやろ。この辺りでは、夜な夜なキツネが化けた綺麗な女が男を誘いますよってに」

「ほ、本当《ほんと》ですかい」

「が、その汚いヒゲ面じゃあ、キツネ女も逃げまっせ」

真顔な老百姓の言葉に、他の百姓たちは明るく笑った。

「とにかく、儂についてきなはれ。困った人を見かけたら見捨てんのが京人《みやこびと》の気性や。儂は、こんな汚い野良着を着てるけど、これでも上馬《かみうま》村の庄屋をしてます三右衛門《さんえもん》。あんさんは？」

「江戸で浮世絵を描いておりやす宗次《そうじ》と申しやす」

「へえ、浮世絵をなあ。それにしても、身形《みなり》も顔も薄汚い絵師さんやなあ。貧乏絵描きやな」

「申し訳ござんせん。では、三右衛門さんの御言葉に甘えさせて戴きやす」

「そうしなはれ」

三右衛門は百姓たちに御領所の耕しを命じると、「おいで……」と宗次を手招いて歩き出した。

二

宗次は満開の桜の下を、上馬村の庄屋三右衛門と肩を並べ、大鳥居に向かって歩いた。尤《もっと》も三右衛門は小柄で、頭が宗次の肩の下あたりまでしかない。

「宗次はんは、背丈がありまんな。身綺麗にして京にとどまり、京舞台の役者になりはったら受けますかもな」

「いや、私《あつし》は絵を描くことしか出来ない下らぬ奴でして」

「下らぬ奴……そうでっか。この村は何処《どこ》を歩いても春は桜また桜やさかい、絵を描くには打って付けやおへんかな。秋の紅葉もまた素晴らしいでっけど」

「この三島明神の創建は誰でござんすか」

「後白河《ごしらかわ》天皇の勅命《ちよくめい》によりましてな、平重盛《たいらのしげもり》はんが創建しはりましたんや。実はこの三島明神の御使いはんは鰻《うなぎ》ですねん」

「えっ、鰻ですか」

「はい。そやから五月三日と五月二十六日は春の鰻大祭。十月二十六日が秋の鰻大祭」

「へえ。そいつあまた面白《おもしれ》え。鰻明神とは、はじめて耳にしやした。すると近《きん》国近郷《ごくきんごう》の漁師や魚屋などにとっては、大切な神社ですねい」

「この界隈《かいわい》の百姓たちにとっても、大事な神様ですわ。御領所を耕したりとすっかり生活の一部になってますよってにな」

三島明神の大鳥居を抜けた二人は、小川に沿った桜並木の下を西へ——鴨川《かもがわ》方向へ——ゆるやかに下るかたちで歩いた。

　おだやかな美しい風景が広がっていた。

「あ、そや。あれが豊臣秀吉っさんの亡骸《なきがら》を葬ってある阿弥陀ヶ峰ですわ」

　思い出したように三右衛門が足を止めて振り向き、山を指差した。

「おう、あれがそうですか。すると今歩いているこの道が苦集滅道？」

「そうだす。あんさんが大津から歩いてきた道ですがな」

「夜だったもので、よくは覚えていやせん。面目《めんぼく》ない」

「頼りない人《しと》やな。あんまし旅馴れていませんな」

「へい。絵師の割には江戸とその近郷からは余り外へは出ておりやせんで」

「すると絵師としてはこれからやな。あんさんはまだ若い。大成するためには西へ東へと歩き回らなあかん」

「誠にその通りでございやす」

　と、宗次の顔が真顔となって、二人はまた歩き出した。

「この辺りはな、秋になるとそれはそれは紅葉が美しゅうてな。桜も紅葉も、絵師にとってはええ材料になりまっせ」

ゆったりと落ち着いた口調で話す三右衛門だった。村長《むらおさ》というよりは貧しい小作農といった印象だった。

「江戸へ戻るまでには、この村の桜、是非《ぜひ》とも描かせて戴きやす」

「風景画も描きはりまんねやな」

「描きます。犬や猫や魚や……なんでも」

「それがええ。駈け出しの内は何でも描かんとあかん」

「その通りで……肝に銘じやす」

「ほら、あれが儂の住居《すまい》ですわ」

三右衛門の歩みが少し緩んで、左手向こう、二本の松の間を指差して見せた。

「お、あれが……」と宗次は頷《うなず》いた。満開の桜がそれこそ数え切れぬほどに立ち並ぶそこだけ、太い二本の松が四方へ大きく枝を広げており、桜の淡紅色と松の緑との二つの対照対比が実に鮮やかな〝絵〟であった。

「美しい……すばらしい」と、宗次は思わず呟いてしまった。

二本の松の木の間に見える三右衛門の住居《すまい》は、庄屋の屋敷というよりは三右衛門が口にしたように住居《すまい》といった印象の規模だった。さすがに百姓家よりは造りの点で勝っているとはいえ、見るからに質素であり、屋根や壁のひどい傷《いた》みなどが遠目にも判った。

歩みを止めることなく宗次は訊《たず》ねた。

「この村は豊作よりも不作の方が多かったのですか」

「なあに、ここは神様や仏様が沢山いて下さる有り難い村ですよって、不思議なこと、一度だって不作の年などあらしまへん。この村の百姓たちの食生活は皆、豊かですわ」

「ほう、それはまた……」

「けど、いつ不作の年が来るか判りまへんからそれに備えて、村の者が自分で作ったものを出し合《お》うてな、村外れに石蔵《いしぐら》を造って保存してありますんや。米、芋、味噌、干し柿、干し大根、その他いろいろとな」

「それはいいことで。しかし鮮度が落ちて傷んだり致しませんかえ」

「石蔵は長いこと保存できますんや。それに鮮度が落ちて傷みやすいものは年に一、二度、新しいものと入れ替えたりな」

「見事な自治でござんすね三右衛門さん」

「儂の家で暫く逗留《とうりゅう》してても宜しいで。先ず風呂に入りなはれ。埃《ほこり》臭い汚れを落としてから朝飯や。娘に世話させまっさかいに」

「ご面倒お掛け致しやす」

三右衛門は「何の目的で江戸から京へ来なすった」などとは一言も訊《き》かなかった。その点を宗次は、いたく気に入っていた。かなりの御年齢《おとし》ながら相当に胆《はら》のすわった御人《おひと》だ、と。

「ここだす」

と、三右衛門が小さな古びた薬医門《やくいもん》の前で立ち止まった。薬医門があるからといって、その左右から塀が伸びている訳ではなかった。薬医門の左右は畑だった。青菜の芽をふいている畝《うね》が、塀がわりと言えば塀がわりだ。

「さ、入んなはれ」

三右衛門は宗次を促したが、自分から先に薬医門を潜《くぐ》った。

宗次は三右衛門に続いて門を潜りながら見まわし、その簡素な造りを気に入った。表側に二本の門柱、奥側に二本の控え柱があって、この四本の柱で切妻の茅葺屋根を支えていた。表側の二本の柱には丸太のままの横木が渡され冠木《かぶき》造りになっている。

門を潜った二人は、正面の家へ真っ直ぐに続いている〝畑中の道〟を進んだ。玉砂利を敷かれている訳でもなく、ましてや石畳が敷き詰められている訳でもない。蛙《かえる》が右から左へと飛び渡っても全くおかしくもない〝畑中の土道《つちみち》〟だった。この道はささやかな式台付きの小玄関に突き当たっていたが、三右衛門はそこからは入らず右手の方へと足を進めた。

玄関式台は禅宗寺院を真似《まね》て「玄関下《した》」とか「玄関拭板《ぬぐいいた》」とか呼ばれている時期があった。しかし血で血を洗う戦国時代を経て江戸幕府が開かれ次第に世の中が安定し始める一六〇〇年代になると、駕籠《かご》という乗物が多用されるようになり、その乗り降りに容易な今の低い板敷式台となった……と、宗次はそう理解している。またいま最も宏壮華麗《こうそうかれい》な式台付玄関は、京《みやこ》の二条城《にじようじよう》二の丸御殿のそれであると言われている事も。

「どうぞ……」

三右衛門は土間の入口（蜻蛉口《とんぼぐち》という）で体を横に開いて宗次を促したが、また自分から先に入っていった。

宗次はその後に続いた。あ、藁《わら》の匂《にお》いがする、と思った。どこか気持の安らぐなつかしい匂いだった。脳裏に、養父梁伊対馬守隆房《やないつしまのかみたかふさ》と過ごした目黒《めぐろ》村の光景が浮かんで消えた。

だが、そのあと衝撃が見舞った。

三右衛門が土間から奥に向かって、大きな声を出した。

「高子《たかこ》いるか高子。お客さんをお連れしたんや」

(なにいっ……)と宗次は胸の中で目を見張った。

「はあい」と、奥から若いと判る綺麗な声が返ってきた。

(あの声……)

宗次の、三右衛門の横顔を見る目が、厳しくなっていた。

小急ぎでやってくる足袋《たび》を履《は》いているらしい摺《す》り足の音が次第に近付いてくる。

よもや宮小路《みやのこうじ》高子ではあるまい、と宗次は待ち構えた。

三右衛門に応じた澄んだ声が、余りにも宮小路高子に似ていた。

三

左手向こう角より奥へと続く廊下から、摺り足の音が囲炉裏《いろり》のある板敷の茶の間へゆっくりと入ってきた。

宮小路高子ではなかった。背丈のある宮小路高子に比し小柄だが、女としてさほど小柄という訳でもない。
十七、八に見える可愛《かわい》い印象の娘だ。
「娘の高子でな。風呂と飯の用意を今させますさかいに」

「高子……さんですか。いきなりで失礼しやすが高子の高は？」

「高い低いの高……です」と答えて微笑《ほほえ》んだのは御当人だった。

「そうですかい。いい御名で」

と、宗次も笑みで応じた。

「こちらはな高子。江戸で駈《か》け出しの浮世絵師とかで宗次さんて仰《おつしや》るそうや。大津から三条粟田口へ出る積もりが、間違《まちご》うて苦集滅道に入ってしまいこの村へ迷い込んでしまいはったらしいわ」

「それはまあ……」と、高子はまだ微笑んでいた。身形《みなり》は質素だ。

「三島明神の御籠《おこも》り堂《どう》で一晩を明かしはったんや。何か朝御飯を用意してやってくれるか」

「うん、判ったよ父ちゃん」

「その前にな、埃臭《ほこりくさ》いから風呂に入って品のないヒゲを剃って貰《もろ》たらええ。着替えもして貰い。体つきから見て六造《ろくぞう》の着ていたもんが合うやろ」

「はい。それじゃあ直《す》ぐ用意するよってに」

高子は微笑みを絶やさず土間に下りると、蜻蛉口《とんぼぐち》とは反対側の出入口（背戸口《せどぐち》という）からいそいそとした感じで出ていった。

「儂は明神さんへ戻るよって、あとは娘に面倒見て貰いなはれ。何日泊まっても宜しいで」

「恐れ入りやす」

「ほんなら、ごゆっくりと……」

三右衛門は、ウンと頷きを残して蜻蛉口から出ていった。

宗次は風呂を沸かしているかも知れない高子を手伝うつもりで、背戸口から外に出た。

敷地の裏手に当たると判るそこに出て、宗次ははじめて村長《むらおさ》としての住居《すまい》の特徴に触れ、「ほう……」と小声を漏らした。

右手かなり離れたそこに、剣術道場特有の造り構えを見せている細長い建物があった。

その左側に接するようにして土蔵。但《ただ》し石積みの基礎の上に白塗りの土壁や海鼠壁《なまこかべ》をのせた贅沢《ぜいたく》なものではなく、赤土がむき出しのままの蔵だった。

何羽もの鶏《にわとり》が、そこいら辺りを忙しそうに走り回っている。

母屋《おもや》の裏手中程で、高子が甲斐甲斐《かいがい》しく立ち働いていた。

風呂釜にどうやら炭を敷いているようだった。その上に乾いた小枝を組んで火をおこし、薪《まき》をくべる手順なのだろうか。

高子の後ろにあたる位置に、井戸があった。

「湯船に水を張りましょうか」と、宗次は高子に近付いていった。

「明け六ツ頃には綺麗な水を張る習慣ですよってに」

「そんなに朝早くに湯船の水を?」

「へえ」

「そうですかい」

ここは神様や仏様が沢山いて下さる有り難い村、と言った三右衛門の言葉が宗次の脳裏に甦《よみがえ》った。

(生活する、といった行為の一つ一つが、神や仏への感謝と結び付いているのかも知れねえなあ……)

宗次はそう思った。

「庭をぶらぶらと見て回ってよござんすか」

「どうぞ遠慮のう。見られて困る物なんぞ何一つありませんよってに」

「そうですかい。じゃあ四半刻とせぬ内に土間へ戻りやすから」

宗次は若い娘にちょいと頭を下げて、その場から離れた。

その足は、剣術道場らしい建物に向かった。

そして、やはりその通りであった。障子紙が張られた縦横二尺くらいの田の字窓が開け放たれていたので、宗次は覗《のぞ》き見た。

というよりは、覗かずとも見えた。

手入れの行き届いた剣術道場だった。床は研《みが》き抜かれて黒光りしていた。

だが、かなり長い間使用されていないな、と宗次には判った。修練する者の気・熱が全く残っていないと感じた。

（三右衛門殿か、それとも六造という人がこの道場で修練していたのだろうか。あるいは……）

と、宗次は振り返った。

高子がこちらを見ていた。宗次が振り向くとは思っていなかったのか、慌て気味に笑顔をつくって軽く腰を歪《ま》げた。

（あの娘《こ》は剣術はしねえなあ）と確信しながら宗次も笑みを返し道場から離れた。

宗次は敷地――というより畑地――を左の方へ回り込んだ。

どこ迄《まで》が敷地で、どこからが畑地か判断のつき難い庄屋三右衛門の住居《すまい》だった。つまり庭の形は整っていない。

高級料理茶屋「夢座敷《ゆめざしき》」の女将《おかみ》幸《こう》の学識教養高い父親も目黒《めぐろ》村の庄屋であっ

たが、名字帯刀を許された「大庄屋」である。白塗りの長い土塀に囲まれ大きな長屋門を持つその庄屋屋敷は大身《たいしん》の旗本屋敷と比べても見劣りせぬほどに美しい庭を持つ堂堂たる造り構えであった。

三右衛門の住居《すまい》は幸の生家と比べようもないが、しかし敷地は一体どこまであるのか判らないことと、土蔵の数が目立って五棟もあった。いずれもむき出しの赤土壁だ。石蔵は小造りなのが一棟のみ。

（この土蔵は食料を保存するためのものじゃねえな。だいいち土蔵にゃあ余り食料は保存しねえわさ……）

他人様《ひとさま》ん家《ち》の土蔵の中をあれこれ想像しても仕様がねえか、と思いながら宗次はまた剣術道場まで引き返した。

庄屋の敷地内に剣術道場があるなど、江戸でも聞いたことがない。むろん幸《こう》の生家にも道場などはなかった。名字帯刀を許されている幸の父親にしても剣術の心得はない。

宗次は（この家の誰が剣の修行をしたのか……）といささか気にしながら背戸口から土間へと入っていった。

「あ、宗次さん、お風呂が沸いていますよってに」

　台所に立ってまな板をトントントンと鳴らし何かを刻んでいた高子が、にこにこと振り返って言った。宗次は若い娘に久し振りに「宗次先生」ではなく「宗次さん」と言われて、何とも言い様《よう》のない心地良さを感じた。江戸では、こうはいかない。付き合い長い旗本からでさえ「宗次先生」と呼ばれたりする。

　肩が凝《こ》って仕方がない。

「申し訳ござんせん。じゃあ遠慮のう入らせて戴きやす」

「へえ、どうぞゆっくりとお入りやす。廊下を真っ直ぐに進んで三つ目の座敷の角を右へ折れた突き当たりが脱衣場です」

　今度は振り返らぬ高子だった。トントントンが少し速くなっている。

「判りやした。甘えさせて戴きやす」

「着替えは脱衣場に整えてありますよって遠慮のう使《つこ》うて下さい。汚れものはその場に置いといて下さい。あとで洗いますさかいに」

「そいつあすまねえこって……何から何まで」

「御背中もあとで流しに参りますから」

「と、とんでもねえ。自分でちゃんと洗えますんで、止《よ》しにして下せえ」

宗次は思わず慌てた。脳裏に一瞬ではあったが「夢座敷」の幸の顔が浮かんでいた。

「でも父のお客様やから。ふふふっ」

向こうを向いたまま両の肩をすぼめるようにして笑った高子を残し、宗次は風呂場へ足を急がせた。

「ふふふっ、ときやしたか。大人なんだか子供なんだか」

呟きながら宗次は、廊下の右手に並んだ座敷の前を風呂場へと進んだ。どの座敷の障子も開け放たれていた。一つ目の座敷は六畳、二つ目の座敷は十畳、どちらの畳も日に焼けてか濃い黄色に染まっている。もう何年も表替えをしていないのであろうか。これといった家具もない。文机《ふづくえ》さえなかった。

三つ目の座敷——八畳——の前を通り過ぎようとして、宗次の足が止まった。

「あれは……」と、宗次の足が思わず半歩部屋の内に入った。

床《とこ》の間《ま》に、ひとりの正装した公家《くげ》と覚《おぼ》しき人物が正座しているところを描いた掛け軸が掛かっていた。

絵師宗次は、引き込まれるようにして、床の間に近付いていった。

いかにも聡明な印象の人物画であった。左下に小さく「天子摂関御影《てんしせっかんぎょえい》」とあり、さらに右上に「重盛公」とある。

平氏の棟梁として源氏を倒し（平治元年）栄耀栄華《えいようえいが》を極めた平清盛《たいらのきよもり》の嫡男平重盛《たいらのしげもり》に相違ない、と宗次は思った。

描いた絵師の名や落款《らっかん》の印は無い。

「平重盛公は道理をわきまえたなかなかの人格者であった、と伝えられているな」

呟きながら宗次は座敷から出た。

「三島明神は後白河天皇の勅命によりまして平重盛はんが創建しはりましたんや」と言った三右衛門の言葉が、宗次の脳裏に甦った。

四

久し振りにゆっくりと入れた風呂だった。

宗次はヒゲを綺麗に剃り、用意されてあった着物に着替え、旅の埃がついた着物は高子の言葉に従って、その場に置いておいた。

高子は背中を流しにはこなかった。

宗次がさっぱりとした気分で囲炉裏のある板の間に戻ってみると、古い膳《ぜん》に朝餉《あさげ》が整っていた。高子はまだ台所で向こう向きになって、トントントンと何かを刻んでいる。

「有り難うございやした。いい御湯でござんした」

「あ、いま御漬物と御味噌汁を出しますから、先に食べかけて下さい」

そう言いながら振り向いた高子の、まだどこかあどけない顔が止まった。

驚いたように目を見張っている。

「あの……宗次さんですか」

「へい、宗次です」

「本当《ほんま》に宗次さんですか」

「宗次に違いございやせん」

「いやだ……私」

「え？」

「四十過ぎのおじさんやと思てました」

「それはまた……」

「すみまへん。絵描きさんやし、汚いヒゲしてはったから」

「き、汚い……」

「すみまへん」

　と謝る高子の頬が赤くなり出していた。

　宗次は苦笑《にがわら》いを選ぶしかなく、膳《ぜん》の前に正座をすると御櫃《おひつ》の飯を椀に小盛りして「いただきやす」と両手を合わせた。混《ま》ぜ飯ではなく白米だった。

「どうぞ遠慮のう、たんと食べて下さい」と言いながら高子が小盆に熱い味噌汁と漬物をのせて、宗次の前にやってきた。

宗次は高子が、唇に薄く紅を塗っているのに気付いて内心驚いた。風呂に入る前は塗っていなかったから、驚くほど大人びて美しく見えた。

宗次は先ず、味噌汁を啜《すす》った。

「これは美味しい。大変な御馳走《ごちそう》だ」

宗次はそう言って高子を見、目を細めた。大根と瓜哇薯《じゃがいも》の汁の中へ鶏の玉子を一つ落とした贅沢なものだった。

鶏がいつどこから日本に渡ってきたのかは、はっきりとしていない。古語で「カケロ」と呼ばれたり、「日本書紀」(日本最古の正史・全三〇巻。養老《ようろう》四年・七二〇年完成)にも登場していることから、古代に大陸から伝わってきたものであろうと語り継がれてはきたが、「いや、日本古来の定住鳥である」を否定する確たる証もない。

いずれにしろ、家畜の肉を食べることは表向き敬遠されていたが、鶏肉と玉子は階層を問わずに多用されている。

「本当に美味《おい》しい。味噌はどこの味噌です?」

「母の手造りです。三島明神さんで会わはらしませんでしたか」

「え？」

「父と一緒に明神さんへ行ったんですけど」

「さいでしたか。挨拶《あいさつ》もせず、それは失礼なことを致しやした」

「父はあの通り年がいってますけど、母は二十も年下で」

「ほう……」

と宗次は椀と箸を膳に戻して高子を見た。

「母は味噌造りの名人、祖母は漬物造りの名人。でも祖母は……母方の祖母ですけど、この数日、体の具合を悪《わる》うして離れで寝ています」

「そうですかい。御祖母《おばあ》様は漬物造りの名人で」

「母方は打田《うちだ》という下級の武士で、その親類に多いんです。漬物造りの名人が」

「さいですか。御祖母様を大事にしてあげてくんない」

「はい」

宗次は、それ以上のことを言わず訊かずに、また味噌汁の椀を手にした。

「瓜哇薯《じゃがいも》もいい香りがしていやすね。実にいい味だ」

「うちの庭、土が悪そうでしたでしょ」

「でも青菜が元気よく育っておりやした」

「この瓜哇薯《じやがいも》、庭でとれたんです」

「荒れ土では瓜哇薯《じやがいも》はよく育つと言いやすね」

「なぜか、うちの庭でとれた瓜哇薯《じやがいも》は美味しいとよく言われます。心安うして貰《もろ》てる二、三の御公家様《おくげはん》にも差し上げてますねんけど、美味しい美味しい言うてくれはりまして」

御公家様《おくげはん》、と聞いて宗次の二つの目が光を凍らせたが、むろん気付く筈《はず》のない高子であった。

瓜哇薯《じやがいも》がジャワのジャカトラ（Jacatra）から日本の長崎に齎《もたら》されたのは、慶《けい》長《ちよう》三年（一五九八年）オランダ船によってで、ジャカタライモあるいはオランダイモなどと呼ばれていた。

馬鈴薯《ばれいしよ》という字を書くようになるには、本草学者小野蘭山《おのらんざん》（京《みやこ》生まれ。享保《きようほう》十四年・一七二九～文化《ぶんか》七年・一八一〇）の出現まで待たねばならない。あ、馬の鈴に似てるわ、というところから思いついた他愛《たわい》ないものだという。

「ご馳走さま。厚かましく大きな満足を頂戴いたしやした」

宗次は椀に二杯の味噌汁を堪能し、箸《はし》を置いて合掌《がっしょう》した。

「御粗末様でした」と応じる高子の頰が、ほんのりと赤らんでいる。

「旅の疲れが取れやした。感謝申しやす」

「いいえ……」と、高子は優しく目を細めた。

「ところで一つ、お訊きしたい事がございやす。宜しゅうござんすか」

「はい。何なりと」

「座敷に平重盛公を描いた掛け軸が掛かっておりやしたが、かなり古い物のようでござんすね」

「ああ、あれですか。父の話やと、いつ頃、誰が描いたか判らんそうです。でも古くからこの家に家宝として伝わっているものとか」

「ほう。絵師の私の目から見やすと、画風、色彩などから見て、先《ま》ず間違いなく平安時代後期のものではないかと思われやす」

「まあ、それでは……」

「へい。たぶん重盛公ご存命の頃に描かれたものでござんしょう。大変な値打物だと思いやすが、古くからこの家に伝わっているということは、もしや……」

「これも父の話ですけど、私らには平氏の血が混じっているらしいです。それも平氏本流に近い血やと聞いてますけど」

「そうでしたかい。するとこの村の人たちの中には……」

「父や下級武士の出である母の親族なども矢張り平氏の血を引いてるらしくて、他にも沢山という訳ではありまへんけどいはります。平家の落人《おちうど》集落と呼ぶほどには大勢はいませんけど」

「これは思いがけない所に泊めて戴きやした。江戸者《もん》にとって平家筋《すじ》の家で朝の膳を戴けるなんてえ事は、そうそうあるもんじゃございやせん」

「そう言うてくれはりましたら、朝餉を用意した私としても嬉しおす」

そう言って高子は相好《そうごう》を崩した。

「平家のお血筋となりやすと、近国近郷《きんごくきんごう》へちりぢりになって落ち延びた御一族が多数いらっしゃいやしょう。いま世の中は、戦国の世から脱して随分と落ち着いて参りやしたが、平氏の御一族が一堂に会するような機会はございますので？」

「べつに年に一度とか二年に一度とかいう決まりはないそうですけど、それでも父は時時、近国近郷の族長《ぞくおさ》たちとこの京《みやこ》の六波羅《ろくはら》にあります小寺で会《お》うては四方山話《よもやまばなし》を楽しんでるようです」

「京都所司代とか町奉行所筋《すじ》は集まりについて、うるさく言いやせんので」

「うるさく言うどころか、その六波羅の小寺には所司代や奉行所の御役人たちも時にはお招きして楽しくなごやかにやっているようです。今さら平氏の頭領が滅びた御家再興《おいえさいこう》なんて夢のまた夢の笑い話ですし、再興の意味も力もありまへんよってになあ」

「そうでしたかい。御役人も交えてなごやかにねえ。ま、それが一番宜しいかと思いやす。あと一つ、訊いて宜しゅうござんすか」

「どうぞ、何でも……」

「京《みやこ》とその近国近郷の御一族との絆が強いとなりやすと、三右衛門さんの耳へは実に色色な情報が入って参りやしょうね」

「はい。面白いお話、悲しいお話、喜ばしいお話、ひどいお話など、様様な話が耳に入ってくると父は言《ゆ》うておりました。どれもこれも、そのまま信じて飲み込んだらいかんけどな、と父は用心深く楽しんではいるようですけど」

「そこでお訊き致しやすが、高子さんは京《みやこ》の上流公家で宮小路《みやのこうじ》家とかをご存じではございやせんか」

「えっ」

宮小路の名を聞いたとたん、高子の顔が、宗次の言葉が皆まで終らぬ内にサッと強張《こわば》った。

「宗次さんは、宮小路家と関係ある御方《おかた》だったのですか」

逆襲されたような強い口調で訊き返されて、宗次は思わず「えっ」という顔つきになった。

「宮小路家を訪ねる目的で、江戸から来はったんですね。そうでしょ」

「あ、いや、高子さん……」

「いま直ぐ、この家から出て行って下さい。私が宗次さんにお話しすることは、もう何もありません」

「高子さん、最後まで私《あっし》の話を聞いて下せえ。先ず結論から申しやす。この浮世絵師宗次は、宮小路家とは何の関係もございやせん。また何の世話になったこともございやせん」

「それじゃあ何故《なぜ》、江戸の絵師さんが、京の上流公家だった宮小路家の名を知っていやはるんですか」

「いま高子さんは、京の上流公家だった宮小路家、と仰いましたね」

「今は、お公家さんでも何でもありませんから」

「やはりね……」

「なんで宮小路の名を知ってはるんですか」

「さあ、言いなさい」と言わんばかりの、射るような目つきの高子だった。

これはある程度の事を打ち明けねえと収まりがつかねえな、と宗次は思った。初対面の若い娘を相手に、少しばかり話を走り過ぎたか、という反省もあった。

宗次は、言葉を選んで慎重に打ち明け出した。

「実は江戸で、宮小路家が絡んだ大騒動がございやして、私《あっし》が存じている御人の中に複数の犠牲者が出やした」

「まあ……」

「はじめの内は名も素姓《すじょう》もはっきりしねえ集団が起こした騒動、と見るほかなかったんでございやすが、やがて京の公家宮小路の名が浮上して参りやした。が、江戸の司直は何故かまだ、この騒動について本格的なお調べには入っておりやせん」

「宗次さんご自身も、その騒動に巻き込まれはったんですか」

「うーん……まあ、巻き込まれてはいねえ、と申しやすと嘘《うそ》になりやしょう。なにしろ私《あっし》の見知っている御人が、その騒動で命を落としたのでござんすから」

「それはそうですねえ……」

「で、以前より行きたいと思うて用意などしておりやしたお伊勢《いせ》参りのついでに、こうして京へ立ち寄って宮小路家のことに少しでも触れてみようかという気になりやして。へい」

伊勢参りを口にしたのはあくまで付け足しであったが、場合によっては江戸への帰りに伊勢神宮へ立ち寄ってみようか、という気はあった。

「なもんで、もし宮小路家のことについて詳しく御知りでしたら高子さん、差《さ》し支《つか》えない範囲で結構でござんすから聞かせて下さいやせんか」

「宗次さん……」

「はい」

「やはり宮小路家のことをあれこれ申し上げる訳には参りまへん。すんませんけど、今直ぐにこの家から出て行ってほしいんですけど……本当にすんません」

と、今度は口調をやわらかくする高子であった。

宗次は、ちょっと考え込んだが、頷いた。

「そうですか、判りやした。これ以上の無理を申し上げるのは止しと致しやしょう。もし江戸へ来られるようなことがありやしたら是非、鎌倉河岸《かまくらがし》の八軒長屋へ私《あっし》を訪ねて下さいやし。浮世絵師宗次、の名を仰って下さいやしたら、先ず迷い道で困る事はないと思いやすから」

そう言って宗次は腰を上げ、高子もそれに倣《なら》った。

「おっと、この着物は返さなきゃあいけやせんや」

「いいえ、かましまへん。それは昨年山で亡くなった兄六造が着ていたもんですさかい、着ていてやって下さい」

「兄《あに》さんが山で？」

「へえ。熊撃ちをしくじって、逆にやられてしまいました」

「そのような事がございやしたか。お気の毒に……じゃあ遠慮なく、この着物はこのまま着させて戴きやす。有り難うございやす」

「あ、それから……」

高子は思い出したように、やや慌て気味に次の間へ入っていった。

箪笥《たんす》の引出しを開けるような音がして、高子が一振りの小刀を手にして出てきた。

宗次には一目で、いい加減な鈍《なまくら》造《づく》りではないと判った。

「これをお持ちになって下さい。兄が父から譲り受けて大事にしていたものです」

「そいつあ、いけませんや。そのような大事なものは戴けやせん」

「いいえ、大丈夫です。父は絶対に反対しませんよってに」

「私《あつし》は丸腰で大丈夫でござんす。小刀とは言っても重うございやすから、私《あつし》のような青瓢箪《あおびょうたん》が腰にすりゃあ、ふらついて歩けませんや」

「お願いです。どうせ宮小路家のことを調べるため、この京の町を歩き回りはるのでしょう。そのためにも、これは必要です。きっと必要になりますよってに」

「高子さん……」

「どうぞ、お持ちになって」

「そうまで仰るなら預からせて貰いやす。江戸へ戻る際には、もう一度立ち寄らせて戴いて、お返し致しやしょう」

「お心のままに」

「それじゃあ、これで……旅で汚れた着物を残していきやすが」

「綺麗に洗《あろ》ておきますから」

「恐れいりやす」

　宗次は土間へ下りようとしたが、履き馴れた長旅用の雪駄《せった》が見つからず、かわりに真新しい雪駄が目についた。

「あのう……」

「あ、雪駄でしたら、それを履いて下さい。宗次さんが履いてはったたんは花緒が切れかかっておりましたさかい」

「こりゃあ、どうも。何から何まで」

「遠慮のう」

「甘えさせて戴きやす。じゃあ、ご免なさい」

宗次は真新しい雪駄を履いて、後ろを振り向かずに土間を出た。

高子が、その後に続いて、「次に来はる時は、少なくとも十日は間を空けてくれはりますか。たぶんその間に父が、族長《ぞくおさ》たちとまた六波羅の小寺で会合を持つことになると思いますよって」

「承《うけたまわ》りやした」

宗次は体を斜めにする程度に振り向いて頷くと、軽く右手を上げて見せ、足早に薬医門の方へと急いだ。

五

「六波羅の小寺で平氏の族長《ぞくおさ》たちが会合……か」

所司代や奉行所の役人たちまでが招かれるとなれば、「よもや反幕的な密議の場になっちゃあいめえ」と、信じたい宗次であった。

平安期、東山の鳥辺山《とりべやま》西麓一帯を指す六波羅は、権力と栄耀に酔いしれる平氏の本拠地として宏壮な屋敷邸宅が門を連ね、門脇《かどわき》町、多門《たもん》町、北御門《きたごもん》町、西御門町といった「門付《もんつ》き町名」が今もその名残《なごり》をとどめていた。

宗次は、長い畦道《あぜみち》の途中で出会った元気な洟垂《はなた》れ小童《こわっぱ》に、三条大橋に出る道を教えて貰い、足を急がせた。

少し大袈裟に言えば、数歩と行かぬ内に大小の寺院神社が目にとまり、それだけで京《みやこ》の歴史の深さ宏遠《こうえん》さを思い知らされた宗次であった。

「京《みやこ》の歴史の偉大さは、文字学習・聴き学習だけでは判らんといわれておるが……なるほどなあ」

宗次は、京の寺院神社の数は桜の数でもある、と思った。とにかく寺院の塀の上から四方へ枝を広げている満開の桜の美しさには、息を飲まざるを得なかった。

宗次は「この道を真っ直ぐに行って鴨川に出た方が、迷わんと三条大橋に行けるさかいに」と言った洟垂れ小童《こわっぱ》の言葉に従った。

やがて、人の往き来が次第に増えてきたので、「念のため」と、すれ違いかけた職人風に訊いてみると「鴨川やったら直ぐ其処《そこ》ですわ」という返事が返ってきた。

宗次が三条大橋を訪ねることに、特別な意味がある訳ではなかった。東海道の起点であり終点でもあるのが、三条大橋に他ならないからである。それだけの事だった。

三条大橋は、天正《てんしょう》十八年(一五九〇年)に豊臣秀吉の命《めい》によって架けられた、当時としては画期的とも言える石柱橋だった。

むろん、日本では初の石柱橋である。

橋脚が石柱で出来たその三条大橋が、ついに向こう町家と町家の間に見えてきた。

京《みやこ》へ来た、という思いが宗次の体の中に広がった。静かに熱く広がった。

江戸の人たちと顔も髪の色も体つきも、どこも変わったところのない多数の京人《みやこびと》が、三条大橋を往き来している。

京の近国近郷の農村では、去年から今年にかけて著《いちじる》しく不作だと旅立つ前に聞いていたから、暗く元気の無い京《みやこ》が迎えてくれるのであろうと想像していたが、とんでもない思い違いであったと宗次は思い知らされた。

道行く人たちは皆、生き生きとして忙《せわ》し気《げ》だ。

「あらまあ、久し振りやねえ」と道端で立ち話をしている女性《ひと》たちも、江戸よりは明るく華やかに思えた。

思いのほか生活の疲れを見せていねえ京《みやこ》じゃないかよ、と宗次は感じた。

（徳川様も御所のある京に気を遣《つか》って何やかやと支援を欠かしていねえってことかねえ）

宗次は、そう思うことにした。それほど生き生きとして見える京《みやこ》だった。

三条大橋の中程に宗次は感慨深く佇《たたず》んだ。

動乱の時代、鴨川は数知れぬ将兵、京人《みやこびと》の屍《しかばね》で埋まり、河原には斬首された頭がごろごろと転がっていた、と学び知っている宗次であった。が、しかし今、その流れは心が洗われるほど清らかだった。川底がよく見え、群れ泳ぐ魚が手で掬《すく》い取れそうだ。

河原には、紫や黄色の小さな花が咲き乱れている。

「さてと……どう動くか」

宗次は澄んだ流れを見つめながら呟いた。

上馬村の村長《むらおさ》三右衛門の娘高子が、宮小路家と聞いたとたん、態度を硬化させたことが、気にならぬ筈《はず》のない宗次であった。

「あの豹変《ひょうへん》した態度は、宮小路高子を頭《かしら》に置く集団の残忍さを知る故《ゆえ》のもの、と見てよいのであろうか。それとも他に、特別な理由《わけ》があるのだろうか」

宗次は欄干《らんかん》にもたれて思いを巡らせた。

三右衛門やその娘高子が、悪い奴ではない、という事については確信があった。

が、もうひとつ納得がいかぬのは、三右衛門邸の敷地内にある剣術道場だった。しかも、どうやら暫《しばら》く使われた様子がない、と宗次の目には映っている。

（あのしっかりとして見える床板の張り具合から考えて、たとえば養蚕《ようさん》棟を改造したようなものではないな。剣術道場として建てられたものだ）

と、宗次は考え、なぜ村長《むらおさ》邸に剣術道場などが要《い》ったのか、と首を傾《かし》げた。

たとえば三右衛門の亡き嫡男六造が大の剣術好きだったとしても、「武士でもない者が、それだけでわざわざ高い建築費用を出してまで敷地内に剣術道場を建てるだろうか」という疑問が生じる。京《みやこ》市中にある何処かの剣術道場へ通えば済むことだ。

（撃ち狙いをしくじって熊に殺されたという六造とは、一体どのような人物であったのであろうか）

宗次は腕組をして、三条大橋を渡り切った。

刻《とき》はまだ朝。春の空は、薄靄《うすもや》を忘れて青く澄み渡り、浮雲一つ無かった。

「これが……名高い高瀬《たかせ》川かな」

三条大橋を渡って直ぐ先の小幅な流れの手前で、宗次は表情をやわらげて立ち止まった。

その通り、高瀬川であった。

旅立つ前の充分な調べで、是非とも見てみたいと思っていた清冽《せいれつ》な流れの歴史的な運河だった。

開発者は豪商として知られた貿易商の角倉了以《すみのくらりょうい》（天文《てんぶん》二十三年・一五五四～慶長十九年・一六一四）。着工は慶長十六年（一六一一年）で、三年をかけて慶長十九年に、大坂から伏見《ふしみ》経由で京への物資搬入路として完成させ、運搬船「高瀬船」が一五九艘《そう》、舟行《しゅうこう》していた。

高瀬の流れは、鴨川そばの角倉邸の少し上流より分水して、鴨川の西側に沿うかたちで南下し、木屋町《きやまち》を経て東九条《ひがしくじょう》に至り、ここで鴨川を横断して伏見に達していた。

むろんのこと宗次は、そうと学び知っている。

宗次は高瀬川の向こう岸へ渡る積もりで、階段橋へ踏み出そうとした。

階段橋とは今でいう陸橋構造だ。高瀬船を舟行させるために、橋は階段で高さを上げ、その下を運搬船が潜っていた。

宗次の体の動きが、ふっと止まった。その横を「すんまへん」と職人風が身軽に階段を駈け上がっていく。

宗次は振り返った。首すじにフワリと触れるようなものを感じたのだ。見られている――宗次はそう思ったが、振り向いた彼の目に映るのは、忙しそうに往き来する大勢の京人《みやこびと》たちだった。

「はて……気のせいか」

呟いて宗次は、左の腰帯に通した小刀――六造の遺刀――に手をやった。べつに意味はなかった。無意識にだ。

旅人風情《ふぜい》が小刀とはいえ腰に帯びていたりすると、京《みやこ》の役人はうるさいのではないか、と思ったが、今さらどうしようもない。

（高子は私に迫るかも知れぬ不穏《ふおん》な事態を予感して、小刀を押しつけたのであろうか。そうだとすれば……）

いや、あれこれ想像し過ぎるのは止そう、と宗次は階段橋を渡った。

この京《みやこ》でどう動くか、考えを固めている訳ではなかった。

毎日多忙な身をなぜ京へまで駆り立てたのかと自問すれば、「江戸で非道《ひで》え悪さをしやがったあの野郎（宮小路高子）をこのまま見逃す訳にはいかねえ」という答えしか見つからない。

「さあてと……先ず身近な部分から手を打ってみるか」

そう自分に言い聞かせて、宗次は歩き出した。

「さすが天子様の在《おわ》す京《みやこ》だ。江戸に劣らねえ活気に満ちているとは、予想外じゃねえか。歴史的にも大乱、動乱少なくねえ京《みやこ》だっただけに、もっと荒《すさ》んだ町並だろうと思うていたが、どうしてどうして……」

ブツブツひとり言を漏らしながら、宗次はゆったりと歩を進めた。三条大橋を渡れば三条通りが西へ真っ直ぐに伸びていることは、旅立つ前の調べで把握《はあく》している宗次だった。したがって自分は今、三条通りを西に向かって歩いているのだ、という理解はあった。

旅立つ前の調べ——特に地理——で宗次が頼ったのは、親しく出入りして数年になる千鳥《ちどり》ヶ淵《ふち》そば堀端一番町の中堅旗本家が家宝として所有する「京室町《むろまち》地図」であった。

畳二枚ほどはある大地図で、室町《むろまち》地図とは足利《あしかが》幕府（室町幕府）の頃の地図、を意味している。

江戸者《もん》の旅立ちに必要な、懐用《ふところよう》の折り畳み詳細地図などあろう筈もなかったから、宗次はその室町大地図の御所と二条城、その近辺の主たる何本かの道だけを頭に叩き込んで江戸を離れた。

一町ばかり行って三条通りが、南北に走る河原町《かわらまち》通り――と宗次は知る由《よし》も無いが――と交差する手前あたりで、宗次が「おっ」と足を止めた。見つけたいものを、見つけたような顔つきだった。

向こうから濃紺の法被《はっぴ》を着て道具箱らしいものを肩に担いだ四十前後に見える男が、小駈けにやってくる。額《ひたい》に手拭《てぬぐ》いを巻いた威勢よい様《さま》は、江戸大工と変わらない。

宗次は近付いてくる京大工に、自分から近付いていった。

相手が怪訝《けげん》な目で宗次を捉え、足を緩めた。

「お急ぎの御様子のところ、誠に恐れいりやすが、少しお訊《き》き致したいことがございやして……」

「儂に?……あんた、どうやら江戸の方でんな」

「へい。江戸で浮世絵を描いておりやす宗次と申しやす」

「ほう。浮世絵師はんでっか……で儂に何を？」と、べつだん警戒する様子も見せない相手だった。

「実は東海道大津の宿から、大津街道を経て粟田口村へ入る予定の私《あつし》でございやしたが、街道を選び間違えやして、苦集滅《くずめ》道《じ》を通って上馬村へ入ってしまいやして」

「あ、はじめての京への旅の御方でんな。よう間違える人がいますんや。ま、どっちの街道を選んでも京へ入るのでっけど、大津街道やったらそのまま粟田口村から一本道で三条大橋に着きますさかいにな。で、儂に訊きたいというのは？」

「へい。上馬村へ迷い込んだ私《あつし》は三島明神の御籠り堂で一夜を明かしたところを、庄屋の三右衛門さんら百姓衆の目にとまり、三右衛門さんの勧めで娘の高子さんに朝餉のお手間を掛けさせてしまいやした次第で」

「おお、三右衛門さんの御世話に……そうでっか」

「その上、京巡りは物騒な所もあるから、と熊撃ちに失敗して亡くなられたという嫡男六造さんの小刀までこうして貸して下さいやして」と、宗次は腰の刀に軽く手を触れた。

「そうでっか。三右衛門さんとこで朝餉をなあ。六造はんが熊撃ちに失敗して死んだという話は、東山界隈で知らん人はいまへんわ。六造はんが鉄砲撃ちの名人で、その上、無想流《むそうりゅう》剣術の達人だったようですからな」

「え、鉄砲撃ちの名人で無想流剣術の達人？」

「有名な話ですわ。三右衛門さんの敷地内に剣術道場がありましたやろ」

「ええ、確かに……で、その剣術道場なんですがね」

「あの剣術道場やったら、河原町通りを北へ四、五町行った二条通り近くの角倉玄紀《すみのくらはるのり》様お屋敷近くに住む京の大棟梁《だいとうりよう》大坂屋《おおさかや》理三郎《りさぶろう》はんが建てましたんや。詳しい事を知りたいんやったら大坂屋を訪ねたらどうでっか。二条通りに出たら、直ぐに判りますわ。儂、ちょっと急いでますよってに」

「これは申し訳ござんせん。では、そうさせて頂きやすが、河原町通りといいやすのは？」

「この道でんがな……北は向こう。これを行きはったら自然と二条通りや」

と、大工は三条通りを横切っている通りを指差して見せた。

「有り難うございやす。足をお止めしてしまいやした」

「そいじゃあ……」

大工は人の善さそうな笑みを残して小駈けに遠ざかっていった。

宗次が、角倉玄紀の名を知らぬ筈がなかった。

高瀬川を開発した貿易商角倉了以《りようい》の長男が角倉素庵《そあん》（元亀《げんき》二年・一五七一〜寛永《かんえい》九年・一六三二）。父他界直後の慶長十九年（一六一四年）に勃発した大坂冬の陣では素庵は家康《いえやす》に付いて兵糧《ひようろう》・兵器調達を担い、また江戸城の改築でも資材調達で尽力するなど、徳川家の大きな信頼を得た。元和《げんな》元年（一六一五年）秋から元和五年まで近江国坂田《おうみのくにさかた》郡の代官にも就いたこの素庵の長男が角倉玄紀（文禄《ぶんろく》三年・一五九四〜天和《てんな》一年・一六八一）で、いま二条本家を継承している。玄紀は高瀬川及び淀川の舟行権、さらには朱印船貿易をも父素庵から継承して巨万の富を築き、また父から影響を受けた朱子学など学問の面でも輝くものあって評価が高かった。

宗次は、その二条角倉邸に向かって歩みを進めた。

高瀬川開発という大きな業績を残した角倉家に関心はあったが、大金持の玄紀に会いたいという気持はとくになかった。

「確か玄紀殿の父素庵殿はなかなかの能筆家で、近衛信尹《このえのぶただ》、松花堂昭乗《しょうかどうしょうじょう》と並び寛永三筆の一人と評された今は亡き偉大なる芸術の人本阿弥光悦殿《ほんあみこうえつ》（永禄《えいろく》元年・一五五八〜寛永十四年・一六三七）とも深い交流があった筈だが……」

宗次は呟きながら、ほのやかな春の朝の河原町通りを北へゆっくりと向かった。

と、どこからか、鶯《うぐいす》の鳴き声が聞こえてきた。何とも言えぬ美声に、宗次は微笑んだ。

刀剣の鑑定、研磨、浄拭《ぬぐい》を代代の家職とした本阿弥家は、亡き光悦の代となって和学、美術工芸の分野で絢爛《けんらん》たる一時代を築き上げた家柄だけに、浮世絵師である宗次は、本阿弥家には強い関心を抱いている。

が、宗次が今訪ねようとしているのは、二条角倉邸そばという大棟梁大坂屋理三郎であった。

六

「これか……」

と、宗次は目の前の大きな二階建て町家《まちや》を眺めた。誰の筆なのか表障子四枚の右から左にかけて、大坂屋、と見事な素晴らしい書体で大きく書かれている。

きっぷの稼業だけに、さすが暖簾《のれん》などは下がっていない。

宗次は左手向こう本誓寺《ほんせいじ》――と宗次は知らないが――の前あたりで春の朝の中こちらを向いて佇んでいる商家の御内儀風に、(ありがとうございやした……)と胸の内で礼を言って、軽く腰を折った。

「あ、大棟梁の大坂屋さんでしたら、ほら、向こうに見えてる大きな二階建てがそうどすわ」とやんわりとした言葉で教えてくれた商家の御内儀風が、(いいえ……)と言った風に、にこやかに頭を下げて応えた。

そばに控えていた供《とも》の小僧らしいのも、それを見習って深深と御辞儀をした。御辞儀という言葉がまだ似合う十一、二の年頃と思えた。

「さて……と」

宗次は長い付き合いがある江戸・神田《かんだ》の大棟梁東屋甚右衛門《あずまやじんえもん》八十二歳の顔を脳裏に思い浮かべながら、大坂屋の表障子に近付いていった。

大棟梁と言われているからには、通いや住み込みの弟子、孫弟子が大勢いて賑やかなもんだが、外へ漏れ聞こえるしわぶき一つ無い。

静まり返っている。

それもその筈。朝とは言ってもすでに巳《み》ノ刻（午前十時頃）は過ぎている頃だった。

職人の勤めは早く、国の東西を問わず六ツ半頃（午前七時前後）には道具箱を肩に威勢よく家を飛び出す。ましてや京《みやこ》は寺院神社の数知れず、宮大工に加え町大工も忙しい。

町大工とは言っても宮大工と共に、寺院神社の仕事にも当たっている。寺院神社仕事であっても、町大工でないと腕を発揮できない部分もあるからだ。

「おはようございます」

宗次は表障子に手をかけたが、まだ開けない。

返事はなかった。なにしろ、さすが大棟梁の住居《すまい》と感心する二階建ての大きな町家《まちや》だ。表障子一枚にしたって、宗次が住んでいる江戸鎌倉河岸八軒長屋のボロ障子の、幅で二倍近く、丈で一・五倍はありそうだった。

「おはようございます」

もう一度声を掛けつつ、宗次は表障子をそっと引いた。

すると頭の上、鴨居《かもい》がどういう仕掛けでかチリンチリンと風鈴のように鳴って、「はあい」と奥で声があった。年老いた女性の声、と判って宗次は江戸の大棟梁東屋甚右衛門の老妻イチ七十七歳の顔を思い出した。

宗次は鴨居をチリンチリンと言わせながら表障子を閉め、土間に入った。奥から足音がやってくる。

「はい、どちらはんですか」

と広い板の間に現われたのは、なかなか迫力ある大柄な白髪の老女であった。七十に近いだろうか。ただ、その大きな体に似合わぬ優しい面立《おもだ》ちだった。シャンとしており、よぼよぼしたところは微塵《みじん》も無い。

宗次は板の間へ二歩歩み寄って、丁寧に頭を下げた。

「私は江戸を発って昨日京へ入り、上馬村の庄屋三右衛門様のお宅で世話になるなど致しやした浮世絵師の宗次と申しやして」

「おやまあ江戸の浮世絵師はん……三右衛門さんとは、お知り合いなんですか？」

「あ、いや、実を申しやすと……」

宗次は三右衛門宅で世話になった経緯を、正直そのままに打ち明け、敷地内の剣術道場に強く惹《ひ》かれた事が、ここを訪ねる契機となったと付け加えた。

「そうどしたか。私は大坂屋の主人《あるじ》の女房で春江《はるえ》と言います。すると……ええと宗次はん……と仰いましたかなあ」

「はい、宗次です」

「あんさんも剣術をやりはんのですか？」

「江戸では十代の終わり頃まで町道場に通っておりやした」

と、これは相手の懐《ふところ》に飛び込むために敢《あ》えて、そう創った。

「ま、宗次はん、ここではゆっくりと話が出来ませんよってに、宜しいから奥へお通りやす」

「あ、でも、先に大棟梁の御都合をお訊き致しやせんと……」

「心配いりまへん、私がええ言うたら納得してくれる旦那様やさかいに、さあ、遠慮せんと」と、春江は目を細めて微笑んだ。

「そうでございやすか。じゃあ、お言葉に甘えさせて戴きやす」

宗次はもう一度、丁重《ていちょう》に腰を歪《ま》げてから、雪駄を脱いだ。

「どうぞ、こちらへ……」

板の間へ上がった宗次は促す春江の後に従った。なんと、二人の背丈は殆《ほとん》ど変わらなかった。

(それにしても何と大きな御年寄りか)

と、宗次は驚いたが、むろん顔には出さなかった。

「お客さんをお連れしましたよ。三右衛門さんと顔見知りの、江戸の浮世絵師さんと仰って……」

奥まった部屋の前まで来て、春江は障子が開いたままの座敷へさっさと入っていった。宗次は手前で立ち止まって、京の人は付き合いが難しいと聞いていたがアッサリとしたもんじゃねえか、と思った。初対面だというのに、奥座敷にまで案内されたのだ。

中庭には大きな桜の木が今を盛りと満開だった。

「入って貰い。ちらかってるけどな」

老人の声がして、続いて春江の「どうぞ、宗次はん」があった。

宗次は「それじゃあ失礼させて戴きやす」と応じて座敷に入った。

広い座敷だった。しかし何畳あるのか判らぬほど、畳の上には沢山の図面や割箸が散乱していた。

座敷の中央には大きな文机があって、その上に何本もの筆と硯《すずり》、それに割箸を骨組として組み立てたものと判る社殿のようなものがのっていた。

「お邪魔じゃございませんで？」

宗次は座敷へ入ったところで正座をし、畳に軽く両手をついて控えめな口調でうかがった。

「三右衛門さんと顔見知りやったら構《かま》へん構へん。こっちへ来なはれ」

頭が丸坊主の、小さな老人が割箸で造った社殿様《よう》のものをギョロリとした目で見つめながら、左手をひらひらと泳《およ》がせ手招いた。顔も首筋も皺《しわ》だらけで、よく乾いたスルメのような老人だった。

「恐れ入ります」

と、宗次は文机を挟んで老人――大坂屋理三郎――と向き合った。

「何度も造り直したんやけど、まだ気に入らんのや。けんど、あと一歩や。あと一歩で満足できる。そやから、こいつをこれ迄みたいに叩き潰してしまうのは、ちと勿体《もったい》のうてな」

初対面の挨拶なしの会話が、二人の間で始まった。老人は前にいる宗次の顔をまだ見ない。

ひたすら割箸建築を見つめている。

「社殿……でございやしょうか」

「そうや。東洛《とうらく》神社から宮大工を経由せんと大坂屋が直接頼まれた仕事なんや。町大工の意地があるよってに、いちいち宮大工に相談せんと建てたろ思てな」

「なかなかよい出来栄えだと思いやすが」

「地震に強い社殿を造ろ思てるんや。こうして割箸で造っては色色な角度から力を加えて何度も何度も壊してなあ」

「筋違《すじか》いが案外に数ないと見やしたが」

「そこや。見苦しい筋違いはなるべく減らして、しかも地震に負けへん社殿を造ったろ思てるんや。あと一歩や、この部分を見てみ」

「あ、柱と鴨居の組み合わせ方が変わっておりやすね。それにこの部分も……」

「こうして押してもな……」

と、老人は指先で割箸の骨組に力を加えた。

ピキッと音を立てて歪《ゆが》んだ建物は、老人が指先を離すと勢いを付けて元に戻った。

「こいつが、建物の回復力というか復元力や。こいつをもう少し強めたいんや」

「では、この雛形《ひながた》は潰さずに残しておいて、これを参考に別にまた造ったら如何《いかが》でござんすか」

「儂の工夫はこの雛形の中に二百八か所も入っとってな」

「えっ、二百八か所も……」と、宗次は驚いた。

「そや。その二百八か所をこの雛形をいちいち覗き込んで確かめながら、新しい雛形を完成させていくのは大変や。八十に近い爺《じじい》の目には辛いこっちゃ」

「じゃあ、これをそっくり絵にしたらどうです。この雛形そのままに」

「絵?」

「そう、絵……その絵の工夫の部分に色を付けて」

「一体誰が描くんや。そんな面倒臭いもん」

と、老人はここではじめて宗次の顔を見て、「ん?」となった。

「あんた、誰や」

「へい、江戸の浮世絵師で宗次と申しやす。上馬村の三右衛門さんとは顔見知りの」

「ああ、そやったな。すまんこっちゃ」

二人のやりとりに、春江が傍《そば》でクスクスと笑って「お茶でもいれてきまひょ」と座敷から出ていった。

「浮世絵師はんは、この雛形なんぞ描けるんか。あ、儂は大工の棟梁で理三郎というてな、一応この京では……」

「へい。ご高名はすでに存じ上げておりやす」

「そうでっか。あんたは江戸では有名な浮世絵師はんでっか」

「いえ、まだ、ほんの駈け出しでして」

「そやろな。その若さじゃな。で、本当《ほんま》に描けるんか。図面と違うんやで。図面やったら上手に描ける者《もん》が余るほどおるよってにな。儂が欲しいのはあくまで、この雛形そのままの立体的な絵や」

「そいじゃあ、ちょいと筆と硯《すずり》を……それに御内儀の紅《べに》をお貸し下さいやし」

「紅を？」

「描き終えてから、大棟梁の創意工夫の部分に、紅で印を付けていきやす」

「なるほど」

大棟梁理三郎はちらかっている文机の上を片付けると、社殿の雛形を宗次の方へ静かに滑らし、立ち上がって筆と硯と紙を宗次の前へ整えた。

宗次は暫《しばら》く雛形を眺めていたが、やがてその筆が流れ出した。

そこへ春江が盆に茶をのせて、座敷に入ってきた。

理三郎が女房を見て唇の前に人差し指を立てる。

頷いた春江が、盆を理三郎の脇に置いて、そっと出ていった。

宗次の筆は休まなかった。まるで何年も前から目の前の雛形に接してきた者のような、あざやかな筆の滑りだった。

みるまに紙の上へ形となってゆく宗次の絵に、理三郎が目を大きく見開いて驚愕《きようがく》した。

信じられない、という顔つきだった。

宗次が筆を休めたのはたったの三回だけだった。その三回だけは、骨組雛形の内部を覗き込むようにして、暫く動かなかった。

絵が八分通り出来上がったとき、理三郎は「こ、これは……」と漏らして動転さえした。

名大工と言われてきた大坂屋理三郎である。名工が名人の卓越した絵図の技《ぎ》倆《りよう》を判らぬ筈がない。

絵が出来上がったとき名工理三郎は、「お、お前様は一体……」と怯《おび》えたような目で宗次を見つめた。はっきりと敬《うやま》いの色があった。

そして、この名工理三郎の大きな信頼を得た宗次は、いよいよ京《みやこ》で大きく動き出すこととなる。残虐《ざんぎやく》なる謎《なぞ》、「宮小路家」に向かって。

七

理三郎から教えられた道を、宗次は「その場所」を目指して歩いた。

いい日和《ひより》であった。なんとも言えない心地よさだった。通りの左右に立ち並ぶ寺院は、そのまま満開の桜並木であった。薄紅色の花もあれば、真っ白な花もある。なかには微かに緑がかった花もあって、宗次の足を止めたりした。

「いい町よ……えらく気に入ったい。江戸から移り住みたいやな」

宗次は目を細めた。理三郎から教えられた道のままに歩く宗次にはそうとは判らなかったが、仙台伊達《せんだいだて》家の京屋敷裏手を抜け、大呉服商後藤《ごとう》家の前を通り、津和野亀井《つわのかめい》家京屋敷西門にさしかかっていた。

大名家京屋敷は、「思っていたより多い」と宗次は感じとっていた。

とりわけ門前を通り過ぎた彦根井伊《ひこねいい》家と亀井家の京屋敷の豪壮さには、思わず目を見張った宗次である。

素直に教えられたままに歩いて、突き当たりの通り——武者小路——を左へ折れたところで「あれだな」と宗次の足は止まった。

通りの先、右手角に白塗りの土塀に囲まれた館《やかた》があって、すでに時分時を過ぎているというのに、激しい気合と共に木刀や竹刀《しない》を打ち合う音が聞こえてくる。

理三郎と交わした言葉が宗次の頭の中に甦《よみがえ》った。

「そうや、庄屋さん宅の敷地内に剣術道場を建てたんは、確かにこの理三郎や。あれから、もう三年、いや四年近くになるかいなあ。六造はんは無想流剣術の達人で、百姓として一生を終えんのと違《ちご》て、強い百姓を育てるために自分で剣術道場を営みたい、と言うてましてな」

「強い百姓?」

「苦労して育てた農作物を、二本差しの偉いはん達に昔も今も搾取《さくしゅ》され続けている百姓らの苦しみを、黙って見てられへんかったんやろねえ。それに六造はんの体には、平氏本流の血が濃く流れているようですさかいに」

「あ、そうらしいですねい」

「平氏は自分らの栄耀栄華のために百姓らを長いこと苦しめてきたさかいに、六造はんは懺悔《ざんげ》したい気持が強かったんと違《ちゃ》いまっか。庄屋の三右衛門はんも面倒見のええ優しい人やし、娘の高子はんも、これまた気性のええ可愛い娘《こ》で、御公家《おくげ》や武家から嫁に、という話が持ち込まれることもあるらしゅうてな……」

「ほう」

「それにしても六造はんの突然の死には、皆びっくりしましたわ。熊撃ちの名人でもあった六造はんは、剣術家らしく無茶な事はせん用心深い人やったから、熊撃ちの時はたいてい百姓らに勢子《せこ》をして貰うなどで、何人かで出かけてましたのにな」

「え……すると？」

「その時は、たった一人で出かけて熊にやられた、と三右衛門はんは誰彼に言うてますのんやが」

「そうでしたかい。たった一人で熊撃ちに……三右衛門殿は、大事な惜しい一人息子さんをなくしやしたねえ」

「本当《ほんま》にそう思うわ。三右衛門はんは相当こたえたんか、葬式を出す気力も無くし、村の誰にも亡骸を見せず、先祖からの菩提寺《ぼだいじ》へも葬らず、敷地内へ小さな墓を建ててなあ」

「それは気付きやせんでした。敷地内はぶらぶら散歩しやしたのですが」

「小さな竹藪《たけやぶ》があったやろ」

「ありやした。母屋《おもや》の裏手。敷地の左向こう隅の方に」

「その竹藪《たけやぶ》の中にあるんや。隠れるようにしてな」

「なんでまた、そのような扱いを？」

「熊に食いちぎられ、無残な亡骸《なきがら》になってたからやろな。三右衛門はんは優しい人やけど、庄屋として気位の高さをしっかりと持ってはる人でもあるよって、六造はんの変わり果てた最期《さいご》を、そっとしておきたかったんやろと思うわ」

「それにしても……葬式なしとは」

「剣客としての六造はんの事を詳しく知りたいんやったら、儂《わし》よりも無想流剣術道場の高岡専之介《たかおかせんのすけ》先生に訊いた方が宜しいわ」

宗次は激しい気合が迸《ほとばし》っている館の門前に立った。

四脚門《よつあしもん》の左右両袖《そで》の向こうに、それぞれ桜の大樹があって、門前に立った宗次の頭上にまで門袖《もんそで》越しに満開の枝を延ばしていた。

どなたでもどうぞ、と言わんばかりに四脚門の両開き門扉《もんぴ》は大きく開いている。

右の門柱には「無想流剣術柔術道場」と見事な書体の大看板が下がり、その書体の左側には小さめの字で「京都所司代武術師範」とあった。

「へえ……無想流は剣術だけではなく、柔術もやるのかえ」

そう呟いて門内へ入って行こうと踏み出しかけた宗次の足が、止まった。

正面の玄関式台に、白柄《しらつか》の二刀を腰にした一人の着流し侍が現われたのだ。

秀麗な面立ちだ。浪人の印象など針の先ほどもうかがえない。

宗次はその侍への作法として、左門袖の方へ体を移した。自然とそうなった。

両手を懐にした侍は、ゆったりとした歩みで、宗次の前を通り過ぎようとした。

館内からカンカンカンッと木刀の打ち合う音が聞こえてくる。

宗次は、着流し侍に対して、軽く頭を下げた。自分でも気付かぬ内に威儀を正していた。そうさせるものを、その着流し侍は持っていた。

貫禄でも権威的なものでもなかった。そういったものを〝通俗的なもの〟と感じさせてしまうような、どこか厳《おごそ》かで且《か》つ冷やかな近寄り難いきらびやかさがあった。年齢《とし》は三十七、八といったところであろうか。

と、宗次から数歩離れたところで、侍は懐手のままゆっくりと振り返った。

「そなた……」

「は？」と、宗次は面《おもて》を上げた。

「上馬村の庄屋殿と顔見知りか」

「あ、はい……いささか」

宗次は着流し侍の余りにも涼しい眼差《まなざ》しに思わずうろたえた。

「ならばよい。腰の粟田口吉光《あわたぐちよしみつ》を大事にな」

「え……」

それだけで着流し侍は離れていった。

「これは迂闊《うかつ》……なんと粟田口吉光であったのかい……しかも庄屋家の刀と見抜かれた」

宗次は腰の小刀へ視線を落とし、頭の後ろに手を当てながら舌を巻いた。

粟田口吉光の小刀（短刀）が、相州五郎入道正宗《そうしゅうごろうにゅうどうまさむね》、越中国松倉住郷義弘《えっちゅうのくにまつくらごうよしひろ》と並ぶ「名人三作」の一《ひとつ》であることを知らぬ筈のない宗次であった。

名匠集団として知られた粟田口一門は鎌倉初期から南北朝初期に亘《わた》って特に隆盛を極めた。その開祖は奈良興福寺《こうふくじ》の具足師（武具職人）国頼《くにより》。その国頼の子国家《くにいえ》が京《きょう》粟田口に移住したことによって刀剣史上業《わざ》に於《お》いても名人の数に於いても他の追随を許さない名匠鍛冶一門としての歴史が始まる。

「それにしても……」

と、宗次は視線を上げた。自分の前を通り過ぎたその僅かな間に腰の小刀を粟田口吉光と見抜いた着流し侍。しかも、誠の所有者庄屋家までを。

気稟《きひん》きわめて優れた崇高《すうこう》な印象であった着流し侍の背中が、次第に遠ざかってゆく。その後ろ姿の何とも言えぬ美しさに、絵師宗次は目を奪われた。「描いてみたい」と。

もしこの場にもう一人別人が佇《たたず》んでいたなら、その着流し侍と宗次とを何度も見比べつつ（な、なんとよく似た印象であることか……）と驚いたであろうが、むろんそうとは判りようもない宗次であった。

「一体何者なのか……あれほどひっそりと静かな後ろ姿であるというのに……まるでスキが無い」

呟いて宗次は、ようやく無想流道場の四脚門を潜り玄関式台へ向かった。

「ご免くださいやし……お願い申し上げやす」

宗次は力強い気合が伝わってくる奥に向かって、案内を請《こ》うた。

「どうれ……」

応じた若い声が直ぐに玄関へ向かってくる気配があった。

現われたのは、稽古着を着た二十《はたち》前後かと思われる少しきつい目つきの若侍だった。顔が紅潮しているところを見ると、今の今まで激しく打ち合っていたのだろうか。

宗次は相手と目を見合わせながら言った。

「私《わたくし》、江戸の浮世絵師で先夜京へ入り上馬村の庄屋三右衛門殿の世話になりやした宗次という者でございやす」

「江戸の浮世絵師宗次殿？」

若侍はちょっと怪訝《けげん》な顔つきになった。剣術柔術道場と浮世絵師とが頭の中で余り結び付かなかったのであろう。しかも江戸からやってきたという浮世絵師だ。

「ここは無想流の剣術柔術道場ですが、どのような御用で？」

庄屋三右衛門の名は、この若侍には何らの効果もなかった。

「実は三右衛門殿の亡き御嫡男六造殿がこの道場で修業をしておりやしたので、当時のことを高岡専之介《たかおかせんのすけ》先生から詳しくお聞きしたいと思いやして」

宗次は、大棟梁大坂屋理三郎から教えられていた道場主高岡専之介の名を出した。

「あ、そうでしたか。私は入門してまだ一月《ひとつき》の者です。いま高岡先生に訊いて参りましょう。少しお待ちを」

「高岡先生の御名を私に教えて下さいやしたのは、大棟梁大坂屋理三郎殿です。そのことも高岡先生に併せてお伝え下さいやし」

「判りました」

若侍は宗次に軽く頭を下げると、引き返していった。目つきの印象がよくない割には無礼ではない。

若侍は直ぐに戻ってきた。表情が先程よりはやわらかくなっている。

「高岡先生がお目にかかって下さるそうです。どうぞ」

有り難い、と宗次は思った。

剣術道場と柔術道場の間を抜けるようにして奥へと続いている廊下を、宗次は案内された。表門からうかがうよりも、遥かに奥行き深い敷地だと判った。

宗次は、満開の三本の桜を目の前に眺められる春の日差しがあふれた明るい座敷に通された。

「いま高岡先生が参ります」

「恐れ入りやす」

「昆布茶《こんぶちゃ》にしますか。煎茶《せんちゃ》がよろしいですか」

「あ、はあ。それでは煎茶を」

「あの、ここの昆布《こんぶ》茶なかなか美味しいですよ」

「そ、それじゃあ昆布《こんぶ》茶を」

「はい」

若侍は、ニッコリとした。あのきつい目が思いきり下がり気味となって、意外なほど人なつっこい面立ちとなった。

人とは判らぬものだ、と宗次は危うく笑いを漏らしそうになって、軽く唇を嚙《か》んだ。

若侍と入れ違いに明らかに五十を過ぎたと判る恰幅《かっぷく》のよい人物が現われた。

「無想流の高岡専之介です。さ、上座にお座り下され宗次殿。遠慮はいり申さぬ」

「とんでもございません。ここで結構でございます」と、宗次はいつもの口調を改めた。

「では桜を横に眺めるかたちで、並んで座ると致しますか」

「はあ……」

高岡専之介の大変な謙虚さに、驚いた宗次であった。

二人は上座でも下座でもないかたちで、座卓を間に挟んで向き合い初対面の挨拶を交わした。

「宗次殿に来て戴けるなど、思いがけないことです。高岡専之介としても道場としても誇りに思いまするよ」

「あのう……高岡先生は私のことを？」

「よく存じております。江戸には若い頃の剣術仲間が幾人もいるものですから、春とか秋にはよく訪ねましてな」

「そうでありましたか」

「京から江戸へ下って大成功した商人を懐かしく訪ねることも少なくありませぬ。たとえば日本橋《にほんばし》の海産物問屋五条屋《ごじようや》留次郎《とめじろう》殿、湯島《ゆしま》の陶器卸商下鴨屋《しもがもや》喜之助《きのすけ》殿、下谷《したや》の薬種商西京屋《さいきようや》伝助《でんすけ》殿……」

「これはまた……」

宗次は驚きを新たにし、思わず破顔した。実に思いがけない事であった。いずれも宗次が襖絵《ふすまえ》や掛け軸など全力を投じた自信作を残している大商人たちだ。

「宗次殿の絵は見あきることがありませぬよ。いつまでも身じろぎせず眺めていることが出来まする。宗次殿は凄いですよ、本当に」

「いやあ、返答に困ってしまいます」

「機会があらば、是非この道場にも宗次殿の絵を掲げたいものですな。ま、貧乏道場ゆえ、小さな絵しか御願いできないとは思いまするが」

高岡専之介はそう言いながら、明るく笑った。

「ところで……」

高岡が真顔となって、宗次としっかり目を合わせた。

「上馬村庄屋三右衛門殿の嫡男六造のことで、私に何ぞ訊きたい事があるとか」

「はい」

そこへ、件《くだん》の若侍が盆に茶をのせて入ってきたので、宗次と高岡の話がとぎれた。

「大坂の昆布茶です。どうぞ召し上がってみて下さい」

若侍は宗次の前に湯呑《ゆの》み茶碗を置きながら言った。

「京ではなく大坂のですか」

「昆布茶は大坂が旨いのですよ」

若侍は、それだけ言って座敷から出ていった。

高岡専之介が目を細め相好《そうごう》を崩して言った。

「あれの姉が大坂の茶問屋へ嫁いだものでしてな。以来、この道場では大坂の昆布茶が幅を利かしておりまするよ」

「なるほど、そういう事でしたか」

「で、六造の話ですが」

「言葉を飾らず単刀直入にお訊ねして宜しいでしょうか」

「どうぞ。だが、その前に何故《なぜ》、六造の事を三右衛門殿でなく私に訊きたいのか、その理由《わけ》を聞かせて下され」

「三右衛門殿に直接には大変訊き難いのですよ。何というか……その事について口に出せないような重苦しい雰囲気が、三右衛門さんや娘の高子さんにありまして」

「なるほど……そうでしたか……いや、そうではないかと思うてはいました」

「六造殿はこの道場で剣の修業に打ち込んでおられたのですね」

「はい、それについては間違いありませぬ。皆伝の腕前に達したあとは師範代を生真面目《きまじめ》に勤めてくれておりましてな。道場としては大助かりでした」

「ほう、師範代を……」

「場合によっては、この道場の後継者にしてもよいとさえ考えており申した。この年で私には妻子《さいし》がありませぬのでな」

「場合によっては後継者に、ということを六造殿に伝えたことはございましたので？」

「一、二度ばかりありましたかな。だが六造は何を思ったかある日突然、この道場を辞して一人立ちしたいと言い出しまして……いやあ、あの時は驚きました。予想外のことでありましたのでな」

「そうでしょうねえ」

「私は全く知らなかったのじゃが、その時には六造はすでに、三右衛門殿の敷地内に剣術道場の建築を始めておったようでなあ……あれからもう三、四年になるのであろうか」

「熊撃ちに失敗して亡くなったのは、昨年の事だと高子さんから聞いてはおりますが」

「左様。とは申しても、私もそのように伝え聞いておるだけで、亡骸を見た訳ではない。三右衛門殿は葬式も出さなかったし、だいいち私が六造の死を知ったのは、亡くなって三月《みつき》も経《た》ってからのことで」

「六造殿の恩師である高岡先生に、三右衛門殿は三月《みつき》もの間、何も知らせなかったという訳ですか」

「うむ。熊に食いちぎられた無残な亡骸を誰彼に見せたくないからだった……と上馬村の百姓達は言うておるようじゃが、私にはそれがどうも納得できなくてのう」

「何か引っかかっておられるのですね」

「百姓村である上馬村庄屋の息子、とは言うても六造は百姓にはどこか見え難い。三右衛門殿にしても娘の高子にしても同じです。あの一家は平家本流の血を濃く受け継いでおるようでしてな……つまり武士《もののふ》の血筋じゃ。六造の剣の筋《すじ》は、百姓や町人が上達したものとは全く異質なもの、つまり侍の剣の筋であると、私は見ております」

「なるほど」

「しかも六造は剣術に優れておりながら、なかなかに用心深い性格でした。その六造が熊撃ちに失敗したくらいで簡単に食い殺されるだろうか、と信じられぬ思いもござってな。六造が腰に山刀《さんとう》でも帯びておれば、相手がたとえ大熊でもそう簡単には殺《や》られぬと思いたいのですよ」

「それほど六造殿の剣の腕は優れていたのですね」

「六造が亡くなるほんの少し前、すでに私は三本立ち合《お》うて、うち二本は勝てなくなっており申した」

「なんと……六造殿はそれほどの腕前でありましたか」

「六造なら山刀《さんとう》一本あらば、キバをむいて立ち向かってくる手負いの大熊の脳天に必殺の一撃を加えられた筈……といまだに考えたりするのじゃが」

「う、うむ……」

「ただ、六造も無敵の剣士という訳ではなかったがね」

「私が若い頃、共に無想流を学んで参った剣術仲間に進藤秀定《しんどうひでさだ》という優れ者がおり申してな。彼は後に近江《おうみ》の古流剣法である神伝《しんでん》一刀流に転じ……」

ついに出てきた、と宗次は胸の内で呟いた。神伝一刀流は、飛州《ひしゅう》藩十三万石松平《まつだいら》家の家臣古坂重三郎《ふるさかじゆうざぶろう》及び盛塚小平《もりづかこへい》が極めていた剣法だ。

高岡専之介の言葉は続いた。

「その進藤秀定が今、所司代下屋敷近くの西京村に、ここよりも大きな神伝一刀流道場を構え、門弟数二百名を超え隆盛を極めており申す。進藤もやはり所司代武術師範に指名されておりますことから時にこの無想流道場と親善試合などを致すのですが……」

そこで言葉を休んだ高岡専之介は、思い出したように、湯呑み茶碗を手にとり、大坂の昆布茶とやらを軽く啜《すす》った。

宗次も、それに付き合った。まだ充分に温かであった。

「その親善試合の際さしもの六造も、神伝一刀流道場で龍虎《りゅうこ》と評されておった古坂重三郎と盛塚小平なる二人の猛者《もさ》には一度として勝てなんだ」

「と申しますと？」

宗次は胸の内で「えっ？」となった。盛塚小平が飛州藩京屋敷から江戸屋敷へ異動した人物であることは古坂重三郎から聞いてはいたが、その古坂も京にいたとは当人から聞かされていない宗次であった。

それはまさに予想外の〝収穫〟だった。

宗次は高岡専之介に不審を与えぬよう、穏やかな口調で訊ねた。

「ほほう、古坂重三郎殿と盛塚小平殿と仰る高弟お二人は、六造殿以上の剣士であられましたか」

「剣士というよりは、剣客という言葉が似合《にお》うておりましたかのう。二人とも飛州藩京屋敷詰めの藩士で、今から三、四年前……そうそう、ちょうど六造が自分の剣術道場の建築を始めた頃であったかな、前後して二人とも江戸屋敷詰めとなり京を離れてしもうた。これも何だか突然の人事であったような気がしたものじゃが」

その二人の剣客が、今はもう江戸の地ではなく他界していることを、知っている筈のない高岡専之介であった。

「宗次殿は、飛州藩江戸屋敷から絵仕事を依頼されたことは？」

「御正室様の姿絵を描く描かないの話が奥向きで一度だけ生じたようですが、いつの間にか立ち消えとなってしまいました。そうそう、その話を私の耳に入れて下されたのは……ええと……あ、確か尾野倉才蔵《おのくらさいぞう》殿とか申す藩士であったように覚えております」

宗次の巧みな〝誘い〟であった。

高岡専之介は宗次の〝計算〟などまるで気にせぬかのように答えた。

「おう、懐かしい名前が出てきましたな。飛州藩で一、二の剣客と言われた尾野倉才蔵は神伝一刀流の門弟ではなく、柳生新陰流《やぎゅうしんかげりゅう》を極めており、私の所へも進藤の道場へもよく出稽古《でげいこ》に見えておりました。なかなか学才豊かな礼儀正しい人物でもあって京屋敷でも藩士の教育係的な存在でな」

「ほほう、柳生新陰流の剣客であり学才豊か……そのような御方であったとは知りませんでした」

「尾野倉才蔵が京屋敷から江戸詰めになって、まだそれ程の日は経っておりませぬ。なかなか惜しい人物が江戸へ去ってしもうたと、残念に思う人が多くおり申す。なにしろ彼は本草学《ほんぞうがく》（薬学）の権威として知られる西山東沢《にしやまとうたく》先生に師事して、病に倒れた貧しい人人に手を差しのべる事を忘れなんだからのう」

「左様でありましたか」と、さすがに宗次の気分は重くなった。

高岡専之介の口ぶりは、むろん尾野倉才蔵の死をも知らぬようであった。

この尾野倉才蔵が京に妻子《さいし》を残している、と宗次は古坂重三郎から聞かされている。

その妻子の住居《すまい》を是非とも知りたい、と宗次は思った。

宗次は、やんわりと訊ねた。

「先生のお話ですと、飛州藩士の方方《かたがた》が次次と京から江戸詰めとなっているようですが、皆さん御家族を伴って移動なされているのですか」

「あ、いや……確か京では古坂重三郎、盛塚小平とも独り身《ひとみ》で藩邸内の長屋住まいじゃった。江戸へ移ってから身をかためたかどうかは知らぬがな。尾野倉才蔵は妻と子を京へ残しての江戸詰めで、妻子は確か姉小路《あねがこうじ》通りにある妻の生家に住んでおると聞いていまするが」

「姉小路通り……なんだか京《みやこ》らしい名の通りですね」

「二条城の直ぐ東側に在《あ》る飛州藩邸に近い通りですよ。京《みやこ》では知られた京華《きょうか》堂《どう》という老舗《しにせ》の菓子舗の一軒隣あたりと尾野倉の同輩筋から聞いたことがある。私は一度も訪ねたことはないが、西山東沢先生もその京華堂の近くにお住《すま》居《い》が在《あ》るらしい」

「京華堂……ですか」

「うむ。神伝一刀流の道場がある西京村からもそれほどは離れてはいない」

行ってみるか、いや行かねばなるまい、と宗次は思った。

「ところで宗次殿は、もう昼は済まされましたかな」

「まだです。地理不案内なもので、先生に御教え戴いた店を訪ねてみるつもりでおりました」

「ならば、旨い所を案内しましょうか。私に任せなされ。それにな、今宵《こよい》は是非にも此処《ここ》へ泊まっていくが宜しい。江戸の話も聞かせて戴きたいし、酒の相手もして貰いたいのでな」

「宜しいのでしょうか。ご迷惑になりませんか」

「なんの。遠慮無用ですよ。宗次殿ほどの浮世絵師がわが道場に泊まって下さるなど、嬉しくてなりませぬわ。絵の話もたっぷりとお聞きしたい」

「そうですか。それでは厚かましく御言葉に甘えさせて戴きます」

「うん。甘えて下され。甘えて下され」

高岡専之介は、にっこりと微笑んだ。人の善《よ》さが出ている笑顔だった。

心の大きい人だ、と宗次は感じた。

八

翌朝宗次は、鶯《うぐいす》の鳴き声で目を覚まし、布団《ふとん》の上に半身を起こした。障子に眩しい程の朝陽《あさひ》が当たっており、花豊かに付けた桜の木の枝と小鳥が障子に影絵をつくっている。どうやらその小鳥絵こそが鶯らしく、再び鳴いた聞く者を酔わせる美声は、まぎれもなくその影絵から伝わってきた。

「いい朝じゃ……京はいいのう」

宗次は布団から離れると、障子を左右に開いた。

満開の桜と、そこから飛び立った何羽かの小鳥――おそらく鶯――が、パアッと宗次の目に飛び込んできた。くらくらする程の何とも名状し難い、京の春の朝であった。

宗次は広縁に胡座《あぐら》を組み、両手を上げて思い切り欠伸《あくび》をした。

「いやあ、気持がいい。なんとも気持がいい」

宗次の目尻から涙の玉が一つ、こぼれ落ちた。

このとき「お目覚めでございますか」と女の声があった。

宗次が右手の方へ顔を向けると、広縁の曲がり角から若い女――十二、三か
――が小さな笑顔を覗《のぞ》かせていた。

「うん。気持よく目覚めることが出来やしたよ。ありがとうな」

少しいつものべらんめえ調に戻って、宗次は笑顔を返した。

「昨夜《ゆうべ》の御座敷で高岡先生がお待ちでです。朝餉《あさげ》の用意が整うております」

「お、そうかえ。じゃあ寝着を着替えたら直《す》ぐに行きやす」

「はい」

「お前様はここで台所仕事を?」

「掃除も洗濯も……みんな私の仕事です」

「高岡先生は優しいかえ」

「はい。色色と教えて下さいます。叱《しか》る時は怖いけど」

「そうかえ。頑張って働きなせえよ。京《みやこ》の生まれかね？」

「いいえ。近江の百姓の娘です。一番上です」

「近江か。景色も人情も米の味もいい所らしいね。両親は元気なのかえ」

「元気です。四人いる妹や弟たちも皆」

「なによりだ。うん」

「味噌汁を温めて待っていますから」

「あいよ」

小さな笑顔が柱の陰から消えて、さわやかなそよ風の香りのようなものが、あとに残った。

宗次は手早く着替えると、高岡専之介と昨夜遅くまで飲み交わした座敷へ向かった。

「おはようございます高岡先生」

「やあ、目覚められましたか。ささ、入られよ」

「失礼いたします」

宗次は日当たりのよい座敷に入って、朝餉が整えられている座卓を挟んで高岡専之介と向き合った。座卓の上に朝餉がのったのを見るなどは、宗次にとって実に久し振りだった。

「昨日は昼、夜と大変御馳走《ごちそう》になり有り難うございました」

「いやなに、こちらこそ江戸の話、浮世絵の話を楽しく聞かせて貰《もら》いましたわ。京の朝餉はこの通り質素なものじゃが、さ、食《しょく》して下され」

「はい、遠慮なく頂戴いたします」

高岡が言った通り、粥《かゆ》と梅干と漬物の質素な朝餉であった。

「いま賄《まかな》いの者が味噌汁を持ってきましょうからな」

「昨夜はたっぷりと伏見《ふしみ》の銘酒を楽しませて戴きましたので、今朝は梅干がこの上もなく有り難く見えます」

「あははっ、そうですなあ。うん、二日酔いには梅干じゃ……それにしても宗次殿は酒に崩れませぬな」

梅干が食卓に出るようになったのは奈良時代で、平安時代にはごく当たり前の食品として寺僧や百姓町人の間に広まっていた。神社仏閣などで精進《しょうじん》料理が重宝《ちょうほう》されるようになる室町時代に入ると、梅干の上物などは立派な贈答品として扱われるようにさえなった。

「遅くなりました」

先程の娘《こ》が、にこにこと味噌汁を盆にのせて運んできた。

「ユウといいましてな。近江の百姓の娘《こ》で十三歳になる。昨年の春から此処《ここ》の雑用をやってくれておるが、いやあ、実に気が利く娘《こ》で助かっておりますのじゃ」

高岡がにこやかに娘を紹介し、娘は宗次にぺこりと頭を下げると出ていった。

二人の朝餉はこれといった話を交わすこともない短い間に済んだ。

「ごちそう様でございました先生」

「いや、お粗末様じゃった。京の朝餉はこんなものじゃ」

宗次は濃い目の茶が入っている湯呑みを手にすると、表情を改めて高岡を見た。

そうと気付いた高岡も真顔をつくった。

「昨日から先生に色色とお訊きし、お教え戴いておりますが、あと一つ先生にお尋ねしたいことがございます」

「どうぞ……何かな」

「高岡先生は、かつて禄高八〇〇石を幕府から給与されていたと噂《うわさ》されている京の上流公家《くげ》で、宮小路家をご存じありませんか」

「なに、宮小路家となっ？」

高岡の表情が、反射的に硬くなっていた。目つきが険しい。

「江戸の浮世絵師である宗次殿はなぜ、公家宮小路の名を存じておるのじゃ」

「は、はあ……」

「その理由《わけ》をきちんと話して下され。これは大事なことじゃ」

「判りました。昨年の秋のことですが江戸に於《お》いて、宮小路を名乗る集団が残虐な暴力事件を起こしまして、私の絵仕事の関係先の者二人を死に至らしめました」

「なんと……宮小路を名乗る集団が江戸で」

「はい。これ以上の事を詳しく申し上げるのは色色と差《さ》し障《さわ》りある部分もございますゆえ御許し願いたいのですが、もし公家宮小路家について詳しくお聞かせ戴けますと、誠に有り難く思います」

「宗次殿はその残虐事件のことを調べる目的で京へ参られたか」

「違うと申せば嘘《うそ》になりましょう。私は浮世絵師として京《みやこ》に常常憧れておりました。近い内に是非とも訪ねてみたいとも考えておりました。そのような時に事件が生じたものでありますから、これは見て見ぬ振りは出来ない、とこうして江戸を発《た》って出て参った訳です。命を奪われた私の絵仕事の関係先の者二名の内ひとりは、まだ十一、二の小僧でありました」

「それは酷《ひど》い……宮小路が江戸でそのような酷い事件を起こしていたとはな」

「私は幕府の目付筋や奉行所筋から秘命を受けて京へ出て参った訳ではありません。高岡先生にご迷惑をお掛けするような秘命は江戸の誰からも決して受けてはおりません」

「絵仕事の関係先の者二名が命を奪われた怒りで京へ……と仰りたい訳じゃな」

「はい」

「その怒りの気持、私にはよく判る……それにしても宮小路が将軍のお膝元である江戸にまで乗り出しておったとは、予想もしておらなんだ。だが宗次殿、残虐を働いた宮小路は現在この京にはおりませぬよ」

「と申されますと」

「すでに京を引き払い、勢力の全てを大坂へ移しておる」

「いま勢力……と仰いましたか」

「左様。勢力じゃ。空恐ろしいほど汚れ切った大勢力じゃ」

「なぜ京を離れて大坂へ？」

「市場が大きいからじゃよ」

「市場？」

「黒い市場……とでも申しておこうか」

「高岡先生。黒い市場とやらを必要とする宮小路家とは、そもそもどのような素姓でありますのか。どうか詳しく教えて下され」

「宮小路家は宗次殿が申したように、かつては幕府から八〇〇石を給与されておった公家じゃった。だが、その禄高が何時《いっ》、いかなる理由で公家宮小路家から召し上げられたのか私は知らない。いや、公家宮小路家と親交のあった有力公家や武家たちでさえ、知らぬようじゃ。つまり多くの誰彼の知らぬうちに、禄高八〇〇石の公家宮小路家は忽然《こつぜん》と消えてしもうた」

「それはまた面妖《めんよう》な……」

「公家としての宮小路家の当主仲麻呂《なかまろ》様、及びその妻葉子《ようこ》様は共に和歌、茶華道、書画では優れた才能の持主として知られ御所様の覚えもめでたい御人じゃった。また御嫡男仲比斗《なかひと》様は乗馬、弓道に長じた文武の御人として知られておった」

「どうも、そのう……禄高八〇〇石を失ったとされるその御三人様が黒い市場とやらを求めて大勢力を率《ひき》い大坂へ移った訳ではなさそうですね」

「とんでもないこと。その御三人は病没したとも、殺されたとも、遠くの地へ逃れたとも言われ……いや、しかし、それらは噂に過ぎなくてな。どれもこれも皆、噂なのじゃ。一つの噂が次の噂を生み、それがまた新しい噂を生む、という具合になあ」

「たとえば、殺された、という噂の背景には下手人と思われるよからぬ人物は浮かび上がっていなかったのですか」

「うむ。何人もいましたな。だが、どれもこれも下手人と呼ぶよりも絵に描いたような善人ばかりで、噂は全く根拠がないと判って、それだけに公家宮小路家消滅の謎は一層深まっておりましてのう」

「深まった、と仰いましたが、公家宮小路家の血を引く者は、御嫡男仲比斗様の他にはいないのですか」

「そこじゃ……そこなのじゃ」

「は？」

「公家としての宮小路家は御嫡男仲比斗様の他にも、二人の子に恵まれておった」

「ほう……」と、宮小路高子のことを噯《おくび》にも出さぬ宗次であった。

「その二人の内の一人が御息女輪子《わこ》様。輪廻《りんね》の輪《りん》に、子供の子と書く……」

そう言いつつ高岡専之介の表情が暗く沈むのを宗次は見逃さなかった。

「で、もう御一人は？」

「御嫡男仲比斗様の弟で、たかし……」

輪子《わこ》には様《さま》を付《ふ》した高岡専之介が、今度は「たかし」と呼び捨てにした。

「たかし、の字はどのように書くのでしょうか」

「高《たか》い低《ひく》いの高《たか》、そして子供の子。これを〝たかこ〟ではなく〝たかし〟と読み申す。まぎれもなく男子《だんし》、つまり消息を絶った仲比斗様の実の弟じゃ」

「宮小路高子《たかし》……ですか」

「お公家では特に珍しい読みでもない」

「高子《たかし》読みがねえ……」

小さく首をひねりつつ宗次は呟くように確認した。高岡専之介がこっくりと頷いたあと、ポツリと力なく漏らした。

「こ奴《やつ》が……こ奴が京《みやこ》の極悪人史上、類を見ぬ冷血漢でな……われら京《みやこ》の者が全く知らぬ内に身の毛が弥立《よだ》つむごたらしい組織をつくり上げおった。肉親が行方《ゆくえ》知らずとなって僅《わず》か三年後に」

「それが江戸で事件を起こした組織なのですね」

「じゃろう……て」

「宮小路輪子《わこ》様も先の御三人様、つまり御両親や兄仲比斗様と同じように、病没、殺害、あるいは逃走などの噂の中で現実の世から消えてゆかれたのでありますか」

「いや、輪子《わこ》様の消息は、はっきりと致しておるよ宗次殿」

「えっ」

「生きておられまするよ宗次殿。いま何処《どこ》で何をしておられるのかも判っており申す」

「な、なんですって……」

宗次は予想もしていなかった高岡の言葉に思わず息をのんだ。

「宗次殿。其方《そなた》いま色色と頭の中で考えておられよう。ああ動こう、こう動こうと……しかし、この京《みやこ》で宮小路家の真相を求めて無差別に誰彼に会い、あれを訊《き》きこれを尋ねほじくることは止《よ》しにして戴きたい」

「高岡先生……」

「どうしても宮小路家の真相を知りたいのであらば、今すぐにでも京を離れて大坂へ向かって下さらぬか。御所様在《おわ》すこの穏やかな京で無用の騒ぎを起こして貰っては困るのじゃ」

「無用の騒ぎなどと……」

「大坂へ去って下さらぬか。どうじゃ宗次殿……この高岡専之介の頭を下げての頼みじゃ」

高岡はそう言うと、深深と頭を下げた。

庭の桜の木で、鶯が鳴き出した。

それは宗次の胸にも、高岡の胸にも、しみ込んだ。

「頼む……」と高岡は顔を上げ、「は、はい」と宗次はやわらかく頷《うなず》いた。

高岡がホッとしたように表情を緩めて言った。

「大坂へ入ったら天領（幕府直轄領）曾根崎《そねさき》を訪ねて貰いたい。私が言えるのは、申し訳ないがそこまでです」

「天領曾根崎の何処を訪ねろ、と言われるのですか先生」

「訪ねれば判る。但《ただ》し命の保障は無い」

「え……」

「大坂曾根崎に入って宮小路家について調べを始めれば、宗次殿へは多数の監視の目が集中しましょう。京都所司代戸田山城守《とだやましろのかみ》様の役地（領地格）も近くにあるしのう。それだけは申し上げておきたい」

「そうですか……判りました」

そのあと二人の間を重苦しい沈黙が支配した。

かつて豊臣家の城下町であった大坂は、「大坂夏の陣」で豊臣家が滅亡することにより一時期、大坂城主松平忠明《まつだいらただあきら》が置かれた。しかし元和五年（一六一九年）以降は幕府直轄領（天領）となった。

さらに徳川の天下支配が次第に落ち着くにしたがい、大坂の地は天領、小藩領、旗本領、寺社領、役職大名の役地などに細かく分割されていった。

一例をあげれば、大坂大地村《おおじ》（現生野区《いくの》）は延宝《えんぽう》四年（一六七六年）に京都所司代戸田**越前守**《えちぜんのかみ》・**山城守**忠昌《ただまさ》（のち老中。武蔵岩槻《むさしいわつき》藩主→下総佐倉《しもうささくら》藩主）の「役地」となっている。こういった「天領分け」によって諸大名たちは競《きそ》って大坂に蔵屋敷を建て始め、これにより大坂は魅力《みりょく》ある「天下の一大経済商都」として爆発的に発展し始めるのである。

二人の間の沈黙を破るようにして、高岡専之介が小さな溜息を吐いた。

その表情が見せている只事《ただごと》でない苦悩の色に、気付かぬ筈のない宗次であった。

（はて？……高岡先生がこれほど苦悩されるとは……一体……）

宗次が胸の内で小首を傾《かし》げたとき、道場の方から裂帛《れっぱく》の気合が伝わってきた。

なんと、高岡専之介の表情が、ビクンッとなる。まるで怯《おび》えたように。

「こんなに朝の早くから稽古を始める門人がいるのですね先生」

「柔術道場の方じゃよ。無想流は、どちらかと申せば剣術よりも柔術が本流でありて申してな」

「ほう……そうでありましたか」

「無想流柔術は戦国の頃の戦場に於《お》ける格闘業《わざ》を集大成したもので、荒業《わざ》危険業の多い実戦的柔術じゃ。戦《いくさ》の無い今の世には、余り必要ないと言えなくもない」

「ですが、邪を倒すために正しく用いれば、今の世にとっても大事な武術でございますよ」

「正しく用いれば……な」

そう言った高岡専之介の言葉に力がなかった。

「さて先生。それでは私、これより大坂へ向かいます」

「矢張り行《ゆ》かれますか……どうしても」

「はい。行《ゆ》かせて下さい」

「この京《みやこ》では、宮小路家のことで、もう誰彼に会《お》うて下さいますなよ。お願いじゃ」

「お約束しましょう。やむを得ません。先生の御言葉ですから」

「路銀はお持ちかな」

宗次は「はい、充分に……」と応じ、静かに腰を上げた。

九

翌朝、宗次は大坂・堂島《どうじま》川に架かった橋の上に立っていた。

「これほどとは……」

宗次は呟いて目を見張った。川岸には蔵屋敷が建ち並び、あるいは建築中であった。堂島川を往き来する船は、それこそ数え切れない。両岸に沿った通りには商人風が、職人風が、あるいは町人があふれるように、そして忙《せわ》し気《げ》に動き回っている。はじけるような笑顔が目立った。

が、侍の姿は全くと言っていいほど、目にとまらない。

この点が江戸とは、決定的に違っていた。

非権力で躍動している町、宗次はそのように受け止めた。

宗次は昨夕大坂・土佐堀《とさぼり》川の船着き場に着いた時、「ここなら安心」と高岡専之介から勧められていた北浜《きたはま》（大阪市中央区北浜）の旅籠《はたご》「中島屋《なかじまや》」に宿を取っていた。

いま佇んでいる淀屋《よどや》橋から、歩いて幾らも行かない土佐堀川べりの大きくはないが老舗《しにせ》旅籠である。

琵琶湖《びわこ》から大坂湾に向かって流れている大河淀川《たいがよどがわ》。

その淀川の毛馬《けま》（大阪市都島区《みやこじまく》）口から枝分かれして大坂城下へと流れ込んでいる大川《おおかわ》は、天満《てんま》（大阪市北区天満）で大きな中洲《なかす》（これが有名な中之島《なかのしま》）を挟むかたちで二手《ふたて》に分かれ、北側の流れが「堂島川」、南側の流れが「土佐堀川」となる。

宗次がいま佇んでいる淀屋橋は、その中洲をまたいで堂島川岸から土佐堀川岸へと架かっていた（現在の淀屋橋は土佐堀川をまたぎ、堂島川には大江《おおえ》橋が架かっている）。

「これほど元気な町とはな……侍の姿が目立たねえってところが気に入ったい」

宗次はポツリと呟きながら、なぜか脳裏に〝ある人物〟の顔を思い浮かべていた。

京の無想流剣術柔術道場を訪ねたとき、その表門から出てきた一人の着流し侍。

自分の腰にある小刀、粟田口吉光をひと目でそれと見抜いたその着流し侍の秀麗な面立ちが、大坂に入ってからも頻繁に脳裏に甦《よみがえ》るのだった。

「あの御方《おかた》が何者であったのか、高岡先生に訊くべきだった」

と、宗次はまた呟いた。が、一方で「いや、訊かぬ方が良かったのかも知れねえ」と、思い直したりもした。そう思わせたのは、その着流し侍の全身をやわらかく包んでいた何とも近付き難い静かな輝きだった。気品、威光、威厳、崇高など、その言葉のどれにも当てはまりそうにない――と言うよりも、それらの形容をこえた次元の輝きに包まれていた御人。宗次は、そう感じていた。

そして、自分から次第にゆっくりと離れてゆくその御人の後ろ姿に窺《うかが》えた、生半《なまなか》で無いスキの無さ。

（あのスキの無さは、剣術柔術の皆伝どころではねえ……遥かにもっと高いところを極め切っていなさる。空恐ろしいほどに高い極意の境地を）

宗次はそう思って大坂の朝の空を仰ぎ、世の中は広い、と改めて江戸を出たことに満足を覚えた。

「さてと、曾根崎へ足を向けるか」

と、宗次は堂島川岸の方（北の方角）に向かって、淀屋橋の上を進んだ。

橋の上からは、土佐堀川の川岸方向の彼方に老舗旅籠「中島屋」が見えていた。

曾根崎への道は「中島屋」の主人《あるじ》から詳しく教わっている。

北浜の「中島屋」から、この淀屋橋に向かって歩いてきた途中でも、宗次は商いの都大坂の躍動力に圧倒されていた。

豪商淀屋个庵《よどやこあん》（天正四年・一五七六〜寛永二十年・一六四三）が初めて開設した「北浜の

米市」は隆盛を極め、道すじは米商人、米職人たちの商売声であふれかえっていた。侍などはふん反《ぞ》り返って歩いていると弾き飛ばされそうな雰囲気で、米問屋のいわゆる独立した店舗があちらでもこちらでも幅を利かし、それは侍が威張る江戸では見られない特異な光景で、宗次にとっては非常に珍しいものだった。

「米」は年貢《ねんぐ》制の観点から青物（野菜・果物など）や水産物とはその性格を異にしているため、「城米に蔵米（領主米）」と「納屋米《なやまい》（商人米及び蔵屋敷を持たない領主の廻《かい》米《まい》）」という二大形態をとって大坂北浜（堂島米市の基礎）へ大量に流れ込んで来ていた。

これが「天下の台所大坂」の顔の一つの部分だった。この米市場の隆盛は同時に直ぐ近隣に「天満《てんま》青物市場」や「雑喉場《ざこば》魚市場」の繁栄をも齎《もたら》し、これを「天下の大坂三大台所」と称した。

ここに於ける市場とは「大坂では問屋が固まり集まって出来た街《まち》を市場と言うてまんのや」と、宗次は宿「中島屋」を出る際に主人から教えられていた。

もっとも、それくらいのことは江戸者《もん》の宗次でも学び知ってはいる。

淀屋橋を渡り切った宗次が、道なりに真っ直ぐに行きかけて、ふと足を止めた。

四半町（二十五メートルくらい）先の大店《おおだな》の店先で笑顔で話し合っていた綺麗な白髪《しらが》の商人《あきんど》らしい二人。

一人は店を背にして小僧三人を従え、一方のもう一人は駕籠《かご》を背にして横にいかにも手代風の二十代半ばを立たせていた。二人とも身なりはすこぶる良い。

「そうですね、判りました」とでも交わしたのか、白髪の二人は明るい笑顔で頷き合い、一方は小僧と共に店に消えていった。

二十代半ばの手代風に促されるようにして、もう一方が体の向きを変え駕籠に乗ろうとして軽く腰を折った。その拍子に何気なく宗次の方へ振り向けた顔。

駕籠に沈みかけた体を、白髪の商人風は思わず立ち上げて、今度ははっきりと宗次を見つめた。

見られて宗次は「ん？」となった。見知らぬ相手だった。初めて訪れた商都大坂に懇意な人などはいない。

白髪の商人風は二十代半ばの手代風に何やら一言二言告げると、駕籠のそばを離れ宗次の方へやってきた。そうしながら尚《なお》も確かめるような感じ、観察するような感じで、宗次を見つめている。

「おお、やっぱり、そやった、そやった」と、白髪の商人風は宗次の前まで来て破顔した。

「江戸の、いや、天下の浮世絵師宗次先生や」

白髪の商人風は目を細め、この上もなく嬉しそうに言った。

一面識もない宗次は、相手の親しみを込めた言葉、様子に驚いた。

「宗次先生でっしゃろ、そうでんな？」

やわらかな浪速《なにわ》言葉で念を押された宗次は、「は、はあ……」と頷きつつ相手の着ている着物が、この上もない高価なものと見当をつけた。

「仰せの通り私《あっし》は浮世絵を描いておりやす、江戸は神田の八軒長屋に住みます宗次でござんすが、あなた様は？」

「やっぱり宗次先生でしたか。ちょっと待っておくんなはれ」

白髪の商人風はそう言うと、駕籠の脇に立っている手代風の方へ振り向いた。

「与市《よいち》、駕籠をもう一台、急いで呼びなはれ」

「はい、判りました。直ぐに……」

手代風は頷くと、駈け出した。

白髪の商人風は、にこやかに宗次との間を詰めた。

こいつあ只者でない、と宗次は思った。

「いきなり声を掛けたりして、えらいすんまへんな。私は、いま宗次先生が渡って来なはった淀屋橋を架けるのに、お金と人夫を出して御上《おかみ》に協力させて貰《もろ》うた者でしてな」

「すると……もしや淀屋さんで？」

「そうだす。淀屋の五代目辰五郎《たつごろう》でございます」

「これはまた……」

さすがの宗次も、次の言葉を見失うほどの驚きに見舞われた。

その名を口にしただけで小判の方からすり寄ってくる、とさえ言われている大坂の豪商淀屋（本姓は岡本《おかもと》）辰五郎（生年月不明、享保二年・一七一七没）その人であった。中之島の開発に大貢献した江戸初期特権商人の豪商初代淀屋常安《じようあん》から数えて五代目。諸大名の蔵米・蔵物販売や大名貸などで幾つもある金蔵には巨万の富が唸《うな》りに唸っていると囁《ささや》かれている。いわゆる開発型町人の典型だった。

余りにも有名な淀屋の名は、むろん江戸の経済界にも届いており、宗次も承知していた。

その豪商と、よりによって淀屋橋を渡り切った所で声を掛けられるなど、予想もしていなかった宗次だった。

「いやあ、嬉しいでんな。この大坂で宗次先生に出会えるとは」

「それにしても、淀屋さんは何故、私《あつし》のことを？」

「あれ、忘れはりましたか。ちゃんと挨拶したんでっけどな」

と淀屋は糸のように目を細めて優しい表情をつくった。

「え……挨拶を？」

「去年の夏、この大坂の両替商筆頭天王寺屋五兵衛《てんのうじやごへえ》はんと大切な商用で江戸は日本橋の海産物問屋五条屋留次郎《ごじようやとめじろう》はんを訪ねましてな」

「あ……」

「思い出してくれはりましたか。あのとき宗次先生は庭に面した大広間で脇目もふらずに襖絵を描いてはりました」

「確か後ろから、すんません暫《しばら》く見せておくれやす、とそっと控え目に仰りやした……」

「それだす。名前も名乗りましたがな。私も天王寺屋はんも」

「大変失礼致しやした。なにしろ描き始めると夢中になる性格《たち》なもんで陸《ろく》に受け答えも致しやせんで」

「それで宜しいんや。それでこそ名浮世絵師や。えらい気迫で描いておられましたわ」

「あの時の御方とこうして、このような場所でお目にかかれるなど、誠に奇遇なことで」

「本当《ほんま》でんな」

淀屋がハハハッと声低く笑ったとき、向こうから先程の手代風と駕籠がやってきた。

淀屋辰五郎が口にした天王寺屋五兵衛（実在人物）は摂津《せっつ》国住吉《すみよし》郡遠里小野《おりおの》村の出身だった。初代光重《みつしげ》は金銭の売買を慶長年間（一五九六年～一六一五年）に始めて画期的とも言える「手形振出」の〝商道〟を開発していた。

やがて天王寺屋は寛永五年（一六二八年）になって大坂今橋《いまばし》一丁目に於いて両替商を始め、寛文《かんぶん》十年（一六七〇年）に「両替十人制度」が制定されると組織の筆頭に就いて現在《いま》もその地位にある。

宗次は、天王寺屋について、その程度までは学び知っていた。

また「十人両替」が小判買入れ、大坂両替商取締りなどの公務を任され、帯刀を許されていることも承知している。

「さ、先生ともかく駕籠に乗ってくれなはれ」

「あ、いや、私《あつし》はこれから行かなければならないところが……」

「何を言うてはりまんねん。そこへは後でこの淀屋が連れてあげまひょ。ここで宗次先生に出会《でお》うたが百年目や。二手《ふたて》に別れるなんて事は出来まへん」

「し、しかし……」

「ま、とにかくこの淀屋に任せなはれ、任せなはれ」

「は、はあ」

宗次は淀屋に背中を押されるようにして、駕籠へ押し込まれた。

手代風の与市とかによって簾《すだれ》が下ろされて、駕籠は動き出した。駕籠舁《か》きたちには、すでに行き先が判っているらしい。

宗次は諦めた。この商都大坂で、豪商淀屋辰五郎と親しくなっておけば便利な事や助かる事があるかも知れない、という気持にもなりかけていた。

己れのその打算に、宗次はちょっと苦笑した。

十

「ほいや」「よっしゃ」「ほいや」「よっしゃ」と、江戸とは違った面白い掛け合いで力強く進んでいた駕籠の動きが止まり、そして静かに下ろされた。

「お疲れ様でした」

簾《すだれ》が上がって手代風の与市とやらが、真顔で腰を折った。

宗次は駕籠の中の雪駄を両足に突っ掛けてから外に出て、着物の膝前を軽くパシンと叩き小乱れを正した。

ふた呼吸ばかり後に着いた淀屋辰五郎が、「お疲れはんでしたな先生」と、後ろから声を掛けつつ宗次と肩を並べた。

淀屋も五尺七寸はある宗次と、ほとんど背丈は変わらなかった。がっしりとした体つきの、なかなかに貫禄風だ。白髪がこの上もなく似合っているが、面立ちは優しい。

「この淀屋辰五郎の屋敷ですわ。これ」

淀屋は目の前の屋敷を、顎《あご》の先で小さくしゃくって見せた。

おそらくそうであろうと眺めていた宗次は、半ば茫然《ぼうぜん》となっていた。

まるで武家屋敷のような表門の前に立って眺めた塀の長さは、優《ゆう》に百間以上はあろうかと思われた。

「敷地は一万一〇〇〇坪おます。さ、入りましょ先生」

サラリとそう言ってのけ、淀屋は自分から表門に近付いていった。

敷地一万一〇〇〇坪と聞いて、宗次は大坂の豪商の桁違いの財力に寒気を覚えた。

江戸に於いては徳川御三家の一《ひとつ》、水戸《みと》藩三五万石上屋敷の敷地（小石川《こいしかわ》）は一〇万余坪、尾張《おわり》藩六二万石上屋敷（市ケ谷《いちがや》）は七万五〇〇〇余坪だが、一五万石大名の敷地だと七〇〇〇坪前後であると宗次は承知している。ちなみに三〇〇〇石の大身旗本でさえ一三〇〇坪前後、一八〇〇石の旗本では六〇〇坪前後が一般的だ。

また和田倉《わだくら》門そばの重要施設伝奏《てんそう》屋敷の敷地でさえ、二四〇〇坪ほどでしかない。

名門外様《とざま》大名の萩《はぎ》藩（長州藩とも言う）毛利《もうり》家上屋敷（外桜田門《さくらだもん》外）は、東西五五間、南北一三三間で七三〇〇坪ほどあった。

（こいつあ、いい勉強になる……）

と、宗次は前を行く淀屋辰五郎に大人しく従った。

「今朝は宗次先生に会えるなんて、縁起《えんぎ》が大層よろしいわ。先生、朝飯はもう済まされましたんか」

淀屋が前を向いたまま訊《たず》ねた。屋敷の表門を入りはしたが、正面に見える式台付玄関は、まだかなり先だ。とにかく広い。

「へい、宿で早目に……」

「宿はどちらでっか」

「北浜の川岸そば中島屋です。なかなかいい宿で老舗《しにせ》と聞いておりやす」

「なんや。淀屋の宿でんがな」と、やはり前を向いたまま。

「え？」

「淀屋が営んでいる宿ですわ。淀屋《うち》の初代常安（元和八年・一六二二没）が西国《さいごく》諸藩から北浜に訪れる米勘定方《こめかんじようがた》の御役人や米商人のために設けましたんや」

「左様でしたか。道理でなかなかに立派ないい雰囲気の御宿で」

「淀屋常安の名、知ってまっか先生」

「名前だけは……」

「江戸の御人にしては先生、よう知ってはりますな。なかなかに物知《ものし》りや」

「なにしろ有名な御人でござんすから」

「江戸の、しかも先生ほどの人にそう言うて貰えると嬉しいですわ。初代常安は山城《やましろ》国岡本《おかもと》荘の出身でしてな……」

そう言いながら淀屋辰五郎は、綺麗な若い女六人が三つ指をついて出迎える式台付玄関へ、ずかずかといった感じで入っていった。

「お帰りなされませ」と、女達が澄んだ声を揃《そろ》える。その内の一人に対し、淀屋辰五郎は立ち止まって言った。

「江戸で天下一と評判の高い浮世絵師の宗次先生や」

「えっ。では江戸日本橋の海産物問屋五条屋はんで私達《うちら》が、絵仕事中の後ろ姿にだけお目にかかったあの宗次先生」

どうやら、その綺麗な女性《ひと》は、淀屋と共に東海道を旅したようである。

〝特別な人〟なのであろうか。妻女にしては若過ぎた。

「そうや、あの宗次先生や。そやから旨い酒と肴《さかな》を小書院へな」

「は、はい」

朝から酒かと宗次は困惑《こんわく》したが、「日本一の豪商」と言われている淀屋辰五郎と出会えた幸運の方を、彼は優先した。朝酒の三杯や四杯付き合うのも仕方なし、と。

えらく長い廊下を、淀屋辰五郎は一度も後ろの宗次を振り返らずに進んだ。

「初代淀屋常安が山城国岡本荘を出て大坂の十三人町（大阪市中央区北浜四丁目）に

住みついたのは豊臣秀吉はんの時でしてな。はじめて淀屋の号を名乗り材木商を始めましたんや」

「ほう、材木商を」

「秀吉はんは開発工事の好きな天下人だったらしゅうて、それで初代常安は大儲けしましたんや。けんど徳川家康《とくがわいえやす》はんが大きな力を得て豊臣家を倒すための大坂冬の陣（慶長一九年一〇月・一六一四）や夏の陣（翌年四月）を起こしますとな、いち早く家康はんに付いて陣地の構築に大きな貢献を果たしましたんや」

「なるほど。時代を計算する優れた眼力があったんでござんすね」

「権力を楯《たて》とする特権商人になるための鋭いばかりの才能があった、という事でっしゃろなあ。商人というのはその時代を引っ張ってくれはる勝者と敗者を、きちんと区別して見分けんことには生き残れまへんさかい……ええ・悪い、は別にしましてな」

「言えてますねい。その才能をズルイと見りゃあ……」

「負け犬になりまっしゃろ。そのような商人は」

長い廊下が左へ曲がって、淀屋辰五郎の歩みが少し緩んだ。

「堂島川と土佐堀川に挟まれた広大な只《ただ》の中洲《なかす》っ原《ぱら》を、江戸にもその名を知られる中之島という開発地にしたのも、もしかして淀屋さんでござんすか」

「はい。初代常安です。竣工《しゅんこう》したのは元和五年（一六一九年）ですわ」

「大坂冬の陣、夏の陣に大貢献した初代に対しては、徳川幕府は気持よく開発を許したことでござんしょ」

「それはもう。開発地となった中之島に、幕府は大きな屋敷を建てて〝常安屋敷〟と名付け、初代に与えた程ですから」

「では初代は、その常安屋敷で生涯を？」

「はい……あ、先生。ちょっと、この部屋を見てくれはりますか」

淀屋は足を止めて宗次を見、ニヤリとした。はじめて宗次に見せた豪商らしい自信に満ちたニヤリであった。

宗次は「見せて戴きます」と頷いた。見たところ、ごく普通な造りの六枚の大障子が閉じられているだけだった。

「与市」

「はい」

宗次の後ろに控えていた手代風の与市とやらが、淀屋の前へ回り込んで静かに大障子を開け出した。それが客を案内したときの、この屋敷での演出でもあるのか、淀屋と与市の間には見事に合った阿吽《あうん》の呼吸が働いていた。

四枚の大障子が左右へ開かれて、敷居の上に三枚ずつが重なり合った。

「こ、これは……」

宗次は思わず目を見張って、一歩前へ踏み出していた。

なんと、大障子の内側には、さらに総びいどろ(vidro 硝子《ガラス》)張りの大引き戸六枚があって、少し薄暗い部屋の中が見えていた。奥へ向かって伸びている畳の数は二十枚ほどであろうか。

「与市」

「はい」

再び二人の演出が始まった。与市はびいどろの引き戸一枚を矢張り静静と開けて座敷に入ると、残った前方及び左右三面の敷居の溝を鳴らした。

みるまに座敷に眩しいばかりの光が射し込んで、宗次は愕然《がくぜん》となった。

「どうぞ、さ、入って下さい先生」

淀屋に促されて宗次は座敷へ一歩入った。

四面が総びいどろ張りの大引き戸だった。うち三面の外側は雨戸である。

雨戸の向こうは中庭——とはいっても広い——になっている。その中庭で桜が満開だった。

「与市」

「はい」

主人《あるじ》の鶴の一声で、与市が三度目の演出に挑んだ。

与市は縁側に出て捕物《とりもの》で使用される突っ掛け棒のようなものを手にして戻ってくると、天井の中央真下に立った。

宗次は天井を見て「お……」となった。天井の一部に、突っ掛け棒が引っ掛けられるような金具が一つ、目立たなく取り付けられている。

案の定、与市が突っ掛け棒の先をその金具に近付けた。

滅多なことでは腰なんぞ抜かさねえ、と日頃から思っている宗次が、悲鳴をあげたくなるような〝驚天動地〟が待ち構えていた。

与市が、突っ掛け棒の先を天井の金具に絡ませた。

そして、引いた。小滑車でも付いているのか、カラカラと小さな音。

宗次は突然訪れた眩しさの余り思わず目を閉じたが、直ぐに見開いた。

「おお……なんと」

宗次は声を出し茫然となった。畳一枚ほどの大きさが天井窓に変わっていた。青空が見え、白い雲も見えた。それが微かにだがユラユラ揺らいでいる。その揺らぎの中に動いているものがあった。

金魚だ。数十匹の金魚が、びいどろを張った天井の向こう清水《しみず》の中で泳いでいた。金魚は中国大陸で三、四世紀頃、野生の鮒《ふな》の中に変異種として発見され、室町時代に日本に伝わった。が非常に高価で、当たり前の人ではとても飼育できない高価さは、徳川政権下の今になっても変わっていない。

淀屋が穏やかな口調で言った。

「この座敷は〝夏座敷〟と言いましてな。真夏の暑い時季、商《あきな》い組合《くみあい》の打ち合わせなんぞは、この座敷でしまんのや」

「凄い座敷、としか言いようがありやせん」

「江戸には、無いでっしゃろ」

「ええ。こういう飛び抜けた発想を聞くこともありやせんや。ここまでくると贅沢《ぜいたく》という感覚を超えておりやすよ」

「ははは。そうでんな。これはもう阿呆《あほ》・馬鹿《ばか》の世界ですわ」

「う、うむ……」

「大事なことは、この阿呆・馬鹿の世界を自慢したらいけまへん。自慢したらたちまち他人様《ひとさま》に嫌われます。ひたすら自分の楽しみとして味わうこっちゃ。はははっ」

「なるほど」

　さすが凄い商人だ、と感心しながら宗次は改めて天井で金魚が戯《たわむ》れる「びいどろ水槽」と周り四面の「びいどろ引き戸」を眺めた。

「さ、先生。小書院へ行きまひょか。酒と肴を用意させておりますさかいに。与市や、板場へ行って急がせてきなはれ」

「はい、旦那様」

　与市が二人に頭を下げて、びいどろ座敷から出ていった。

十一

大書院も見せて貰ったあと小書院に通された宗次は、またしても眩しさで一瞬だが目を閉じてしまった。

しかし今度は、びいどろ水槽でも、びいどろ引き戸でもなかった。小書院の天井、襖、柱などが黄金――金張り――であった。

黄金でないのは十枚の畳だけ、と言ってよかった。

座敷の中央には大きな座卓があって、すでに山海の珍味が整えられている。

(この屋敷を訪れたのは僅かに四半刻ほど前だというのに、これほどの贅沢な料理を用意できるとは……)

と、宗次は舌を巻いた。何もかもがまさに桁違いであった。

「さ、先生。床《とこ》の間《ま》を背にして座って下され」

「いや、私は……」

「いいから、この淀屋に大事な客として扱わして下され。な」

「さいですか。では」

宗次は勧められるまま上座に座った。

「料理の出来の早さに驚いたんと違《ちゃ》いまっか」

「料理にも黄金の部屋にも驚かされやした。もう、口にする言葉が見つかりやせん」

「そうでっか、ははは。とにかくこの淀屋は打ち合わせも多いし、訪ねてくる客も多い。そやから、いつでも酒と肴は出せるようにしてまんのや」

「なるほど」

「さ、飲みまひょか先生。朝酒も宜《よろ》しで」

淀屋は二つの盃《さかずき》に酒を満たした。

たちまち黄金の部屋にいい香りが広がって、酒好きの宗次には「こいつあ途《と》でも無く、いい酒だ」と判った。

二人は一杯目をひと息に飲み干して、視線を合わせた。

「いきなりな頼みになりますけどな先生。暫くの間この座敷に止《とど》まって、先程見てくれはりました大書院。白襖のあの大書院の襖と天井に、先生の絵を描いてくれまへんか」

「襖だけではなく、天井にまでもですかい」

「そや。見てくれはったように、天井には綺麗な白木材が張られてますやろ。あの天井一杯に竜《りゅう》でも虎《とら》でも獅子《しし》でも何でも宜しいから、淀屋の勢いを示すような凄い絵を描いてほしいんだすわ」

「淀屋さんの勢いを示す凄い絵……をねえ」

「そうだす。天井の広さ、襖の枚数の多さから……そうだすなあ……二千両出しまひょ」

聞いて宗次は危うく目を剝《む》きかけたが堪《こら》えた。江戸浮世絵師の誇りのようなものが反射的に働いていた。

「大坂へは色色な用を抱えて来やしたもので、先ずそれを片付けなきゃあなりやせん。恐れ入りやすが、ちょいと二、三日考えさせて下さいやし」

「それや、その色色な用、という奴や先生。大坂でこの淀屋に出来ん事はおまへん。手伝わせてくれなはれ。大坂城代様相手でも御奉行様相手でも構いまへん。この淀屋は徳川幕府に対し八十万両から百万両は貸し付けてまっさかいにな。何《なん》にも怖いものはあらへん」

「いや。大坂入りの用と言いやすのは私《あっし》一人でやるべき事でございやして」

「水臭い人やな先生は。判りました。そんなら出過ぎた事はやめまひょ。けど何ぞ小さな事にでも役に立たせてくんなはれ。江戸からこの遠い大坂までわざわざ出張って来なはったのは、もしかして、どうしても会いたい人を探したいとか？」

「うーん……ま、はあ……それはあります」

「やっぱり、そうでしたかいな。で、誰でんねん。いや、決して出過ぎた真似《まね》は致しまへん。この淀屋の耳は大坂の隅隅にまで行き渡ってますさかいに、もし知っている人やったら、この場でその人の居場所を教えて差し上げられますよってに」

「有り難うございやす。では、一人だけ名を出させて戴きやす」

「そうしなはれ、それがええ」

この時、宗次も淀屋も二人の間に決定的な〝破局〟がジリジリと割り込みつつあることに、まだ気付いていなかった。

「もう一杯いきまひょ。その方が、舌が滑らかになるよって」

笑いながら淀屋は二つの盃に酒を注いだ。目を細め、いい表情だった。

二人は今度は、盃に軽く口をつけただけでそれを座卓に戻した。

「で？……」と、淀屋が真顔となって、やや上体を前へ傾ける。

気のせいだろうが、宗次はその淀屋の体が、ミシリと軋《きし》み音を発したように思えた。

妙な寒気に宗次は体を取り包まれた。

「実は私《あっし》が探しておりやすのは……」

この瞬間宗次は、上馬村の庄屋三右衛門の娘高子から名刀粟田口吉光（小刀）を手渡された時の言葉を思い出していた。

「お願いどす。どうせ宮小路家のことを調べるため、この京の町を歩き回りはるのでしょう。そのためにも、これは必要どす。きっと必要になりますよってに」

この言葉が脳裏に甦ったことによって宗次は、「実は三人でござんして」と口から出した。

「ほう、三人でっか。言うてみなはれ。力になりまひょ」

「一人はどうやら平氏の血を引いておるようでして、京は上馬村の庄屋三右衛門殿の嫡男六造殿」

とたん、豪商淀屋辰五郎の表情が止まった。驚きを見せた訳ではなかった。強張《こわば》った訳でもなかった。〝止まった〟のだ。

その大きな然《しか》し平坦《へいたん》な反応を、見逃すような宗次ではなかった。

「酒席で誠に無作法でござんすが……」

宗次はそう言いつつ、腰帯に通した小刀粟田口吉光を静かに抜き取って――鞘《さや》のまま――座卓の左隅へ柄《つか》を淀屋の方に向けて置いた。

「これは六造殿の形見と言われておりやす名刀粟田口吉光でございやす。六造殿の妹高子殿から、是非に、と差し出されやして腰に帯びておりやす」

「……」

淀屋は身じろぎ一つせず、じっと粟田口吉光を眺めた。手に取る様子はない。

「高子殿はどうやら、江戸から丸腰で京へ参りやした私《あつし》の身を心配して、この小刀を私《あつし》に預けたようでございやして」

「………」

「あの……話の先を続けて宜《よろ》しいんで？」

「あ……構いまへん。どうぞ」

「あとの二人というのは京の公家。正確には禄高《ろくだか》八〇〇石を得ていた元公家、と言い直さなきゃあなりやせんが、その元公家宮小路《みやのこうじ》家の御息女輪子《わこ》様と次男高子《たかし》」

宗次は輪子には様を付し、高子《たかし》には付さなかった。

淀屋の顔色が無くなっていた。ゴクリと喉仏のあたりを鳴らしさえしている。

「宗次先生」

「はい」

「申し訳ありまへんが、今すぐにこの屋敷から出ていってくれまっか」

「え？」

淀屋の余りに過ぎる豹変《ひょうへん》であった。

「ですが淀屋さん」

「話すことは何もありまへん。結論は一つ。急ぎ此処から立ち去って下さい」

「理由《わけ》を聞かせて戴きとうござんす」

「理由《わけ》？……理由は宗次先生と話をする気が無《の》うなった。それだけの事ですわ。とにかく腰を上げておくれやす。早く……急いで」

「淀屋さん、あなた一体《いってぇ》」

「迷惑や。さ、出てってくんなはれ」

「判りやした」と宗次は座卓の上の小刀を持ち、立ち上がった。

「なるべく、この北浜から遠ざかってほしいでんな。宿も中島屋は困ります。改めてください」

「受けましょう」

　と、宗次は黄金の座敷から出た。

　床の間の手文庫を素早く開けて何かを取り出した淀屋が、あたふたと宗次の後に付いた。その顔が真っ青となっている。徳川幕府に八十万両から百万両を貸し付けていると豪語していた淀屋がである。

玄関で雪駄を履いた宗次に張り付かんばかりの淀屋が、「持っていきなはれ。地獄でも極楽でも役に立ちますよってに」と、宗次の着物の袂《たもと》に何かを滑り込ませた。まるで投げ入れるような感じで。

ズシリとした手応えを、宗次は感じ取った。金《かね》であろう、と判った。それも二十両や三十両の手応えではない。

「御無用に願いやす。べつに困ってはおりやせんので」

「話を交わしている余裕などありまへん。さっさと屋敷の外へ頼んます」

「さいですか。では日を改めて返しに参りやしょう」

「天領曾根崎まで、ここから早《はよ》う遠ざかっておくんなはれ。曾根崎へ行きはりましたら清願寺《せいがんじ》はんにでもお詣《まい》りして、旅の無事を祈るこっちゃ」

宗次は聞き流して、屋敷の表門から出た。

(あの青ざめた顔……天下の淀屋が一体《いってえ》どうしたって言うんでい)

宗次は表門から少し離れたところで振り向き、胸の内で呟きながら小首を傾《かし》げると片側の袂を重くさせている金を、辺りに憚《はばか》りながらもう片方の袂と胸懐へ素早く不快気《ふかいげ》に分けた。

十二

宗次が天領曾根崎の清願寺三門を潜ったのは、昼九ツ半（午後一時頃）であった。天領に在《あ》る寺というだけで、幕府の扶助《ふじょ》が行き届いていると見え、人影なくひっそりとしてはいたが、なかなかに立派な寺だ。

庫裏《くり》、鐘楼《しょうろう》は遠目にも古いと判ったが、本堂や経堂《きょうどう》らしき白壁の六角堂などは一見して真新しい印象である。

三門を入った所から、庫裏、本堂、鐘楼、経堂へと続く真っ白な石畳が、公孫樹《いちょう》の葉の形で四方へ綺麗に伸びていた。

その四本の石畳のうち鐘楼へと続く最も長い一本は、半ばあたりから次第に高さを上げ、かなりの勾配《こうばい》の坂道になっている。

広い境内《けいだい》の手入れはよく、雑草一本生えていない。それだけを見ても、この寺の財政的な余裕がうかがえた。寺院の管理には、大寺ほど金《かね》が要《い》る。

「それにしても静かな……」

呟いて宗次は、鐘楼に向かって歩き出した。春の日差しがやわらかく肩、背中に降り注いで、誠に心地よかった。しわぶき（咳）一つ漏《も》れ聞こえてこない静けさであったが、不審・不穏な気配などは感じられない。

（淀屋辰五郎は天領曾根崎へ去れと私に言い、かつ清願寺にお詣りせよと言《ゆ》うたが……あれは何ぞ意味があってのことか）

宗次は考え考え、鐘楼への石畳の坂道を上がっていった。

淀屋に言われた通り、宗次は途中で二人の百姓、一人の商人風に尋《たず》ね訊《き》き、思いがけなく深い森を抜け、さして川幅の広くない川を渡り、次に竹林を抜けて、村のはずれに接するかたちの清願寺に辿《たど》り着いたのだった。

宗次が鐘楼のある所まで石畳を登り詰めてみると、思っていたよりも高台になっていて、なかなかによい眺めであった。

宗次は鐘楼の八段の石積み階段を上がった。

さらに眺望《ちょうぼう》は広がった。

左へ視線を転じると、彼方《かなた》にかなりの数の民家が目に入った。村、集落と言うよりは、すでにかなりの規模の市街形成期に入っている感じだった。

「隆盛を極めている北浜の米市に近いだけに、この曾根崎もアッという間《ま》に村から町へと顔を変えるだろうよ」

宗次はぶつぶつと口にしながら、鐘楼の濡《ぬ》れ縁《えん》に腰を下ろした。

清願寺は周囲を森に囲まれていた。

右手の方角に目をやると、さきほど通り過ぎてきた村が竹林の手前に見えている。

藁葺屋根《わらぶきやね》の数は、七、八十といったところであろうか。

宗次は上体をねじるようにして、後方を眺めた。

「あれは？……」と、宗次は呟いた。

見事すぎる本堂の大屋根の広がりが視界をさえぎっていて気付くのが遅れたが、森の中に埋まるようにして屋敷があった。

いや、屋敷は言い過ぎかも知れない。森の――樹木の――高さから見てどうやら三階建と思われ、上級町家と形容した方が合っているだろうか。

とにかく注目していい規模の建物が、森の中の其処にあったのだ。

他にはない。

一軒だけだ。もっとも一軒というにはどっしりとして大き過ぎる建物だが。

（あのような森の中に、どのような目的で建てたのだろうか）と、宗次は小さく首をひねった。建物と森とが似合っていなかった。建物には、造りに〝地味な派手さ〟があった。屋根は瓦葺《かわらぶき》だ。窓は大き目でどれも障子が閉じられていたが、その外側に出格子があった。かなり外側に出ていて、渋い茶色が塗られている。

大屋根の左右先端には、鬼瓦があった。

二階一階はほとんど森の中に沈んでいて、様子は判らない。

宗次は飽きずに曾根崎の風景を眺めていたが、淀屋に勧められ多少酒を口にしていたこともあり、やがて穏やかな睡魔にとり付かれた。

「ままよ……」と宗次は、鐘楼の縁側に手枕で仰向《あおむ》けとなった。

上馬村の庄屋三右衛門、娘の高子《たかこ》、大棟梁大坂屋理三郎、無想流の道場主高岡専之介らの顔が次次と脳裏を流れ過ぎた。

宗次は眠りに落ち込んでいった。

いい気分であった。雲に乗ってふわふわと運ばれてゆくような心地だった。

「もし……」

　どれ程か経って誰かの声を、宗次は耳にした。まわりの白い真綿のような雲の中から聞こえてくる、と宗次は感じた。

「もし……」

　誰かの声が、耳の直ぐそばまで近付いてきた。

　そう捉えて、宗次は薄目を開けた。

　目の前に皺だらけの顔が覆《おお》い被《かぶ》さるようにあって、静かに微笑《ほほえ》んでいた。

　僧侶、と直ぐに宗次には判った。

「こ、これはどうも……」

　と、宗次が上体を起こすと、六十半ばに見える僧侶のにこやかな顔がそれに合わせて退《さ》がった。

「よく眠っておられましたな。二度ここへ上がってきたのじゃが、ゆさぶり起こすのは気の毒なほどよく眠っておられた」

「どうも申し訳ござんせん。ご迷惑をお掛け致しやしたようで」

　そういう宗次は、先に近付いてきていた気配はこの僧侶であったか、と納得した。眠っている中にあって、宗次はその気配を捉えていた。

「その言葉だと、どうやら江戸の人のようじゃな」

「江戸は神田で浮世絵を描いておりやす宗次と申しやす」

「ほ、絵描きさんか。で、宿は？」

「そ、それが……」

「旅の御人なんじゃろ。よもや罪を逃れて江戸を抜け出して来た訳でもあるまい」

「めっそうも。善良な絵描きでござんすよ」

「うむ、確かに悪人には見えぬな。朝から、ちと酒の臭いのするのが気になるがの。それに旅をしてきた割には、お定まりの旅姿ではないのう。さっぱりとした着流しに安物ではなさそうな脇差を腰にしておる。それがまた似合《にお》うておって、場末の役者のようじゃ」

「は、はあ……場末でございやすか」

「ははは、ま、よい。三日、四日なら庫裏で寝泊まりしてゆきなされ」

「えっ、御世話になってよございますか」

「うん、いいじゃろ。それよりも日が落ちてきた。鐘を撞《つ》かねばならんから、ちと其処《そこ》をどきなされ」

「あ、すみません」と、宗次は縁から身軽にふわりと下りた。

「お訊ね致しやす。御坊はここ清願寺の御住職でいらっしゃいますか」

「左様。住職の天心《てんしん》じゃ」

「美しく綺麗に晴れわたった青い空の真中……の意の？」

「うむ。その天心じゃよ」

「ご住職が自ら鐘を撞かれますので？」

「いかぬか。何事も修行じゃぞ。うん、いかぬか」

「い、いいえ、お聞かせ下さいやして」

頷きながら天心は、一つ目の鐘をゆったりと撞き鳴らした。

宗次は聞き惚れた。実に上手《うま》い撞き方だった。胸にしみ込んでくる優しいやわらかな音が、ぐーんと延びて四方へ響きわたってゆくのが判った。

最後まで心を洗われるような気持で聞き終えた宗次は、こちらを見てニコリとした僧天心に対し深深と頭を下げた。

宗次のそばにやってきた天心は、肩を並べて暮れかけてゆく景色を眺めた。

「清願寺を取り囲んでいるあの森をな、曾根崎の森というのじゃ。この寺へ来るのに、川を渡ったかな」

「渡りやした」

「それは曾根崎川(実在した)というてな。拡大し続ける曾根崎村(実在した)のために、いずれは埋めたてられるかも知れんのう」

「彼処《あそこ》に見えておりやす民家は……」と、宗次は彼方を指差して続けた。

「……藁葺《わらぶき》屋根に瓦屋根《かわらやね》もかなり混じって、相当な数でござんすね」

「あれが曾根崎村の中心地でな。詳しくは判らんがすでに五百軒前後は建っていようかのう」

「村というには、大き過《す》ぎるように思いやす」

「北浜の米市は堂島川の界隈《かいわい》へと広がりつつあるから、曾根崎村はその影響で今後ますます大きくなるじゃろな」

「それにしても、お侍の姿が目立ちやせん」

「ふん。お侍なんぞ、この商都大坂では威張れんわな。ここは辣腕《らつわん》商人の都市《まち》じゃ。豪商淀屋辰五郎。近頃はそれに十人両替の有力な一人として知られる鴻池善右衛門《こうのいけぜんえもん》に加え住友吉左衛門《すみともきちざえもん》などがぐんぐん頭角を現わして賑《にぎ》やかになってきておる。大坂はまだまだ大きゅうなるなあ」

「十人両替の筆頭は確か、天王寺屋五兵衛さんでしたね」

「おやおや、江戸の絵描きにしては、よく知っておるのう。住友吉左衛門はこの和《わ》の国《くに》（日本）最大の銅吹屋（銅生産業）じゃ（住友財閥《すみともざいばつ》の礎《いしずえ》）」

「住友など大坂の大手の銅吹屋に幕府が独占権を与えていることは知っておりやした」

「そうか。なかなかに勉強家な浮世絵師さんじゃな。さ、そろそろ下へ降りましょうかのう」

「和尚《おしょう》、一つ教えて下され」

「ん？」

「あの森の中の建物が妙に気になっておりやす。何の建物でござんすか」

宗次は体をゆるりと後ろ方向にねじって、指差した。

沈みつつある西日を浴びて熟した柿色に染まった和尚天心の表情が、とたん暗くなったのを見逃さぬ宗次であった。

「あれはな、苦界《くがい》じゃ」

「苦界……」

「ま、ともかく庫裏へ行こうかのう」

「はい」

二人は鐘楼から離れ、坂道をゆっくりと下った。和尚が先、宗次が後に従った。

和尚が呟くように言った。

「あの森の中の苦界ではな、哀れな純で美しい女達が、春を鬻《ひさ》いでおるのじゃ」

「森には不似合いとも思えやす立派な建物の中で……ですかい」

「建物は立派でも、中は苦しみが渦を巻いておるわ」

「そうでしたかい……合戦《いくさ》が無《の》うなった徳川さんの世になっても、貧しい民百姓の地獄はなかなか消えやせんねえ」

「森の中に見えておるのは、貧しい民百姓の苦界じゃないのじゃ」

「え？」

「毎夜毎夜あの建物の中で涙しておるのは、京の公家の奥方たち、姫たちじゃ」

「な、なんですって……」

宗次は大衝撃を受けて、思わず立ち止まった。

天心は両手を後ろ腰に組んでゆっくりとした歩みを止めることなく、言葉を続けた。

「なかでも、平家一族の血筋がほんの僅かでもあると疑われる者の苦しみは大きいようじゃ」

「そんな馬鹿な……平家云云《うんぬん》など、すでに〝過ぎたる昔〟の事ではありやせんか。その〝過ぎたる昔〟の事を一体何処《どこ》の誰が根にもって……」

そこまで言って宗次は、ハッとなった。

平家再興の四文字が脳裏をかすめたからだ。

その四文字を最も警戒するのは、現政権でしかない。

平家の落人《おちうど》集落が全国に散在している、と宗次自身も大剣聖と言われた今は亡き父深伊対馬守隆房から教えられていたし、その後も自ら学び知ってもいた。そしてその人数を合わせれば、十万にも二十万にも及ぶという事も。

それらが武装すれば、恐るべき大軍団となる。平和に馴れ、合戦の武技・勇気をもすでに見失っている今の徳川政権にとっては大脅威だ。

天心和尚が少し先で後ろの宗次を振り向いた。穏やかな優しい表情に変わりはなかった。

「日が落ちると、あの苦界は一見華やかな火を灯す。自分の目で見て自分の心で学び知りたければ、その足で訪ねてみなさるがよい。遅く帰ってこられても、庫裏の玄関は開けておくでな」

「訪ねても、よございやすか」

「そのような顔つきになっておる。但し、一つだけ用心しなければならないことがあるようじゃ」

「用心？」

「左様。大坂の顔とも言われておる豪商淀屋辰五郎でさえも、財力に任せてその禁に触れ、危うく命を落としかけたとか、落としかけなかったとか……」

「で、その用心と言いやすと？」

「苦界座敷に上がってもな、春扇太夫《しゅんせんだゆう》にだけは近付かぬ方がよいらしい。まして や、名指しをして座敷へ招き呼ぶなど決してやってはならぬとか」

「春扇太夫……春《はる》の扇《おうぎ》、ですか」

「うむ、春の扇じゃ。この太夫は、京の公家で禄高八〇〇石を与えられていた宮小路家の息女輪子《わこ》様じゃと言われておる」

「なんと……」

「ん？　どうしなすった。江戸者《もん》のそなたが、輪子様を知っておるのか」

「いえ、とんでもないことで。八〇〇石の御公家さんの姫様が、その身を苦界に落としなさるとは……驚きやした」

「何やかやを余り詳しく知らぬ方がいいじゃろ。適当に大坂を楽しんだら、江戸へ戻りなされ。それがよい、それがよい」

言い置いて、くるりと踵《きびす》を返した天心和尚は足早となって宗次から離れていった。

(何かがぼんやりと見えてきた……)

と宗次は思った。これは苦界へ行かねばなるまい、とも思った。

(そうか。淀屋辰五郎の妙な怯え方の原因は森の中の苦界に……春扇太夫にあったのかえ)

宗次は頷き、淀屋辰五郎が春扇太夫に対してとった行動をあれこれ想像した。

(恐らく金《かね》に物を言わせて、太夫を力任せに身請《みう》けしようとしたに違いない)

と宗次は考えた。身請け料を二千両と言ったか三千両と言ったか(歴史的事実)、それくらいのことは軽く言う程の人物である、と今の宗次には淀屋のことが判っている。

「会いてえな……春扇太夫に」

宗次は呟いて、鐘楼からの坂道を下りきると山門に向かって急いだ。

暗くなりきらない内に、苦界屋敷へ辿り着きたかった。

十三

「こ、これは……」

宗次は度肝を抜かれた。遠目で見るのと、間近に見るのとでは圧倒的な差があり過ぎる苦界屋敷であった。

入母屋《いりもや》造りの凄い建造物だった。大屋根の流れがどうなって、式台付玄関がこうなって、障子窓や格子窓がああなって、などと細かい見方をする必要も意味もなかった。ただひとこと「凄い建物」だった。

むろん江戸者《もん》の宗次にして初めて見る建造物だ。

遠目に鐘楼から眺めた三階の部分と、森に隠れていた二階から下の造作がとにかく違い過ぎていた。

二階までは名の知れた寺院建築で用いられるような、ふた抱えほどもある丸太柱が惜し気もなく使われ、その上に三階部分が当たり前の造り方――いや、一階二階が豪壮すぎるゆえそう見えるのか――で乗っている。

「驚かしやがった」

呟いて宗次は振り向いた。幅優《ゆう》に一町以上はある白玉石を敷き詰めた物凄い大通りが、彼方――三町ほども先――の大鳥居まで真っ直ぐに続いている。神社の参道でもないのに、なんとまぎれもなく鳥居なのだ。

その物凄い大通りの左右をまるで衛兵のように守っているのが、ずらりと並んだ等身大の石灯籠《いしどうろう》だった。

すでに明りを灯している。

「こりゃあ、吉原《よしわら》もひれ伏すぜい」

宗次は溜息を吐いて、視線を苦界屋敷に戻した。

二階から下の軒には、数え切れないほどの白提灯《しらちようちん》が下がっていて、やはりすでに明りを灯していた。

森は次第と闇に覆われつつあったが、しかし開けた大通りの上の天《そら》は、まだ夜空になり切っておらず、西の空の下の方は朱色の絵の具をこぼしたような鮮やかな色を残している。

訪れる駕籠《かご》の数が増え出していた。続続と……。

その駕籠も辻駕籠（町駕籠）などではなかった。駕籠屋根に家紋を金、銀、銅、朱、紫など様様な色で染め抜いたもので、驚いたことに駕籠から出てくるのは、ほとんどが商人風だった。

何処の国の外国人で何の職に就いているのか、夜が間近だというのに茶髪で赤白肌と判る、鼻がワシのようにとがった巨人もいた。手や首など毛むくじゃらだ。

宗次は、その巨人に激しく攻められる華奢《きやしや》な公家遊女の哀れを思った。

侍の駕籠も無くはなかったが、数少なかった。

それらの駕籠の主人《あるじ》を出迎えるのは、苦界屋敷から次次と現われる身なり整った品のある老爺《ろうや》たちだ。

それが此処の仕来たりなのか全く声を立てない。にこやかで腰低く、目配りと手振り身振りに見事に長《た》けている。

（訪れる駕籠訪れる駕籠が、まるで大名駕籠じゃねえか。江戸の老中筋が知ったら、この度《ど》の過ぎた贅沢は、ただでは済まねえんじゃないのかねえ）

宗次はそう思って、さすがに眉をひそめた。

いた。

右の肩を軽く叩かれて宗次は振り返った。気配が近付きつつある事は捉えていた。

「もし……」

きちんと身なりを整えた老爺の穏やかな顔が、目の前にあった。物静かな優しい表情ではあったが笑みはない。優しいとはいっても、その顔のつくりが優しいということであって、情からくる優しさではないことを、宗次は瞬時に見てとっていた。

「ここで何をしていなさるんや」

「は、はあ……遊ばせて貰《もん》おうかなと思いやして」

「思いやして?……江戸者でんな、その言葉」

老爺はそう言いつつ、宗次の頭の先から爪先までを、嘗《な》め回すように眺めた。その顔からは、もはや〝つくりの優しさ〟は消えていた。

双《ふた》つの目が、冷え込んでさえいる。

「へい。江戸は神田の貧乏長屋に住む、浮世絵師の宗次と申しやして」

「なるほど。腰の脇差は旅の護身用でっか」

「その通りで。もっとも他人様《ひとさま》から借りたものでござんすが」

「旅の目的は？　わざわざ、この曾根崎を目指して遠い江戸から来なはった訳ではありますまい。貧乏長屋の絵描きはんが」

「いや、この曾根崎の森の、この館《やかた》を訪ねて参りやした」

「なんやて」

　老爺の双つの目がこの時になって、ほんの一瞬ではあったがギラリと凄みを覗かせたのを、宗次は見逃さなかった。

「誰と遊びたいのかも、もう決めておりやす」

「………」

「名をあげても、よござんすか」

「言うてみなはれ」

「かつて京で八〇〇石の禄を得ておられた公家宮小路仲麻呂様の御息女輪子様……この館《やかた》での源氏名は確か春扇太夫」

「あんさん、何か大きな勘違いをしてなさる。この館は市井《しせい》の者《もん》の遊び場ではありまへん。大坂の金融や生産・販売に携わる大手の商人たちの会議所です。

それに春扇太夫なんて女性《ひと》は……」

「いると判っているから来やした」

「おりまへん。困った御人《おひと》や。この会議所の存在が、江戸にまで知られているというのも、えらい不自然なことですわ」

老爺が、にこにこ顔になった。

「子供騙《だま》しみたいな事は言わねえでおくんなせえ。私《あっし》は許せねえから、訊ね訊ねてこのうさん臭《くせ》え館にまで、ようやく辿り着いたんでい」

「許せねえ……とは？」

老爺が、にこにこ顔を消した。あたりはすっかり暗くなって、提灯の明りが老爺の双つの目に映っている。

「宮小路を名乗る集団が、江戸で私《あっし》の知人《しりびと》と頑是無《がんぜな》い子供の二人を殺しやがったんでい」

「……」

「お前《めえ》さん、いちいちうるせえ事を訊きなさるが、此処の一体《いってえ》何様でござんすか。館の御頭《おかしら》さんで？」

「江戸へ大人しく戻りなさるんやったら、充分な路銀を出しまひょ。宮小路を名乗る集団なんぞ、この大坂では聞いたこともない。な、素直に江戸へ帰りなはれ。悪いことは言わん」

「帰れねえ」

「どうしても？」

「へい。どうしても」

「そうか」

老爺は小さく頷くと後ろを振り返って「貞三《ていぞう》」と淀んだ低い声を出した。口からではなく、喉仏のあたりから出たような声だった。

後ろ真近いところで夜空を突いて聳《そび》える杉の巨木の陰から、これも身なりきちんと整った男――三十前後か――が黙って現われた。

「どうしても江戸へは戻らんそうや。しょうが無い。納得して貰え」

老爺はそう言うと、宗次から離れていった。

「どうぞ」

貞三なる者が小声を出した。

「お世話かけやす」

宗次は一歩を踏み出しかけて「うッ」となった。

こちらへ背を向けた貞三から放たれる針の先のような、ぞっとするもの。

(こ奴……忍びか)と、宗次は緊張した。

そんな宗次の心の内を知ってか知らずか、貞三は六尺丈ほどの生け垣に挟まれた二本横木の立派すぎる冠木門《かぶきもん》を、さっさと潜った。〝二本横木〟とは柱と柱の間に二本の横木が重なるかたちで渡されている、という意味である。名の通った関所の出入口門で見られたりする。

宗次は貞三の後に従った。そうする内にも、訪れる駕籠は途切れることはなかった。

館のどの窓も障子は閉じられていて、外から様子を窺う事は出来なかった。が、行灯《あんどん》の明りは贅沢と感じるほど明明と灯っているし、琴の音《ね》も穏やかに聞こえ出していた。三味線《しゃみせん》ではない。琴だ。

貞三は、式台付玄関の手前で石畳の通路を右に折れた。

式台には右側に四人、左側に四人、合わせて八人の女が、顔を隠すためであるかのように、行灯の明りの中でひれ伏していた。

誰も宗次を見ようとはしない。

貞三は館の裏手へと回った。裏手とは言っても、冠木門がある側を表と見ての裏手であって、陰気さ、暗さ、は皆無《かいむ》だった。軒下提灯の数も、庭の石灯籠の大きさも数も、館の重厚な造りも、表と寸分も違わない。

だが、一つだけ決定的に違うものが宗次を待ち構えていた。

「こちらです、どうぞ」

と、貞三がはじめて振り向いた所は、やはり式台付玄関の前であった。しかも表の式台付玄関の倍以上はある規模の造りで、式台には右側に六人、左側に六人、合わせて十二名の身なり整った武士が正座していた。正座しているというのに、大小二刀を腰に帯びたままだ。

「ご案内を」

貞三が右側一番手前の侍に告げると、侍は「承《うけたまわ》りました」と貞三に向かって正座のまま丁重《ていちょう》に頭を下げ、そして立ち上がった。

「ご案内します。どうぞ」

侍は宗次と目を合わせて言ったあと、ぐっと下唇を引き締めた。

宗次は貞三に「どうも」と小さく頷いてみせ、侍の後に続いた。

侍は式台左手奥の階段を上がっていった。幅がゆったりと広い勾配のゆるやかな上がり易《やす》い階段だった。

(二階か？)と宗次は思ったが違った。

侍は、三階へと上がっていった。階段の途中も畳二枚以上はありそうな踊り場も、掛け行灯が明明と灯っていた。まるで、夜を思わせない程に。

「行灯には、よい油を使っていなさるんですねい。えらく明るい」

宗次は前を行く侍の背に向かって言ったが返事はなかった。

(これ程の大館《おおやかた》なら、百人の女を抱えていても不思議じゃねえ。館が客で埋まれば二百人にはなろうというのに、この静けさは一体どうでえ。琴の音も、今にも死にそうな弱弱しさじゃねえか)

ぶつぶつと宗次が胸の内で呟いたとき、侍の動きが三階に上がって、ようやく止まった。

宗次は「ほう……」と思った。

三階には階段口から、幅二間《けん》はありそうな廊下が、間違いなく半町（約五十メートル）はある奥に向かって伸びていた。

家格高い大名屋敷でこの程度の廊下は見馴れている宗次であったが、上級町家風の入母屋造りで見かけるのは、宗次といえどもさすがに初めてだった。

しかも、廊下に沿ってあるべき障子が全くない。

びいどろ、であった。

びいどろ障子が嵌《は》め込《こ》まれていた。向こう——室内——が見えない乳色のびいどろ障子が。

さらに見るからに厚みがありそうだった。室内の声が廊下に漏《も》れないようにするためなのであろうか。

侍が片開き戸を軽く叩いた。それが片開き戸と宗次が判ったのは、侍がコンコンと軽く叩いた事によってであった。

それに蝶番《ちょうつがい》が片側だけに付いている事によっても。

室内からの応答はなかった。

だというのに侍は片開き戸を静かに三分の一ほど開け、目で宗次を促した。

（ままよ……）と、宗次が室内に入ると背後で片開き戸が閉じられ、カチリッと金具の音がした。それくらいのことは覚悟して入った宗次である。

広い、というより広大な部屋だった。区切り無しの、ひと間《ま》部屋だ。天井は強度を考えてか、船底天井である。外に向かっての窓は右手にあり、これも乳色のびいどろ障子だった。

軒下提灯の明りが、その乳色のびいどろ窓の向こうで、微かに揺れているのが判る。

部屋は中ほどまで畳が敷き詰められてあり、その畳の上には誰一人としていなかった。畳から向こうは綺麗な白木張りの床で、さらにその向こうは床が一段高くなって御簾《みす》（すだれ）が降りている。

その御簾の奥に（誰かいる……）と、宗次には判った。

宗次は御簾に近付いていった。

なにせ半町ばかりも向こうだ。大広間どころではない恐ろしい程の部屋の広大さを、全身で感じる宗次であった。

宗次の歩みが、少し速くなった。

部屋の中程を過ぎた時であった。（そうかっ……）と閃光《せんこう》のごとく宗次の脳裏をかすめるものがあった。

宗次は歩みを止め、改めて広大な部屋を眺め回した。

一階二階に、ふた抱えほどもある丸太柱を惜し気もなく用いている頑丈な館造り。

その意味を宗次は今、摑《つか》めたような気がした。

（この広大過ぎる大座敷には、少なく見ても二本差し千名が居並び座れる。一階二階の頑丈な造りは、その重さに充分以上耐えられようぜ……こいつあ只事じゃあねえやな）

そう思った宗次は、きつい眼差《まなざ》しを御簾《みす》へ向けた。

「そのように怖い顔を向けるでない。早《はよ》うこちらへ来なされ」

不意に御簾の奥で声がした。物静かな澄んで美しい女性《おんな》の声であった。

宗次は御簾の前まで進み、正座をした。

「これだけ豪壮な上級町家風の館《やかた》、建てるにゃあ半端《はんぱ》でない金《かね》が要《い》ったことでござんしょ」

「ほほほっ金は天下の回り物じゃ。優しく招いてやれば、何処からでも笑顔で訪れてくれる」

「天下の回り物ねえ……何処ぞの豪商のようなことを仰る」

「御簾を上げておくれ。右の端に青い紐が下がっていよう。それを引けばよい」

「承知しやした」

宗次は言われた通りにして、元の位置へ戻った。

正面──七、八間《けん》ほど奥──に、あでやかな花魁《おいらん》姿があった。

銀地に満月と不如帰《ほととぎす》を描いた舞扇《まいおうぎ》で、顔を隠している。

「お顔を見せて下さいやし。春扇太夫……いや、宮小路《みやのこうじ》輪子《わこ》様」

「……」

「輪子様と承知して参っておりやす」

「そうか……妾《わらわ》を見たいか」

「是非にも……」

「見れば命を落とす事になるやも知れぬ」

「覚悟して参っておりやす」

「判りました……叶《かな》えましょう」

上座の絢爛《けんらん》たる花魁が、舞台の幕を下ろすかのように舞扇をそろりと下げていった。

息をのむ宗次。

そして、宗次は見とれた。着ているものはきらびやかであったが、その余りに端整な面立ちは、厚化粧を避け口紅だけの清清《すがすが》しい美しさであった。

（なんと綺麗な……月下の白い百合《ゆり》じゃ……夢座敷の幸《こう》と並ぶ美貌《びぼう》、気品、妖《あや》しさ……）

宗次は黙って見続けた。幸を見ている思いだった。夢中で。

「江戸は鎌倉河岸、八軒長屋に住む浮世絵師宗次殿」

花魁春扇太夫――宮小路輪子――が優し気な声を出した。

「私《あつし》のことも承知しておられやしたかい」

「はい。何もかも承知致しております。大剣聖と称されましたる梁伊対馬守隆房様を養父と仰ぎなされて、幼少の頃より文武の教えを受けて参られましたることも……」

春扇太夫の口調が急に丁重となって、ひっそりとした声になった。

宗次は、黙っていた。

「そして……宗次様のお血筋は真《まこと》に正しく、その環境さえ整うたならば尾張大納言公の……」

「そこ迄《まで》にしなせえ」

宗次は宗次に様を付した春扇太夫の口を封じた。滅多に見せることのない、苦苦しい顔つきとなっていた。

「あなた様が宗次様に相違ないかどうか、確かめたくて申し上げたのでございます」

「納得なされましたかえ」

「はい」

「じゃあ次は、私《あっし》が言わせて貰う番だ。言葉は飾りやせん。単刀直入に訊ねやすから、お答え願いやす。宮小路の輪子様」

「答えられない事もありまする」

「いや、答えて下せえ。答えて下さらなきゃあ困る」

「………」

「お訊ね致しやす。この館《やかた》は公家の奥方や御息女が、その高貴な身を鬻《ひさ》ぐ館《やかた》でござんすか」

「いくら何でも言葉が過ぎましょう宗次様。無礼でござりまする」

「だから先に申し上げやした。言葉を飾らねえと」

「この館には公家の女もいれば武家の女もおりまする」

「武家の？……もしやそれは、婚姻などで公家と姻戚《いんせき》関係となった武家、という意味ではござんせんか」

「………」

「やはり、そうでしたかい。で、幾人ぐらいおりますので」

「答えぬといけませぬか」

「館の大きさから見て、百人前後はいようと勝手に想像致しておりやすが」

「では、そうしておいて下され」

「身を鬻《ひさ》いでおらぬとなると、この館の目的は一体何でござんすか」

「宗次様、あなた様はなぜ、そのような事を知ろうとなさるのです。本来ならば、この館へは鑑札《かんさつ》なき者は誰であろうと入れませぬ。無理を通そうとすれば地獄を見まする。あなた様が入るを許されたのは、わたくしが是非にも会《お》うてみたいと強く願《ねご》うたからです」

「ほう、鑑札が要りやすので」

「はい」

「江戸に於いて、宮小路を名乗る集団が、次次と人を危《あや》めた事は知っていなさるので？」

「存じております。けれども、一つの後悔を除いては、あとは全て危める必要あって危めたものにございまする。たとえ江戸まで追《つ》ってでも」

「なんですってい」と、宗次の眦《まなじり》が吊り上がった。

「一つの後悔は、大伝馬町《おおでんまちょう》の縫製業佐島屋《さしまや》の幼い下働き麦平《むぎへい》を勢い余って手にかけてしもうた事でございまする。甲府《こうふ》で百姓をしていたその子の両親《ふたおや》を探し出し、誰からと判らぬよう既に詫《わ》びの金子《きんす》を手渡してございまする……二十年は生活に困らぬくらいの」

「ほう……では一方の佐島屋は危める必要あって危めたと言いやすか」

「はい。その通りでございまする。宮小路の名にかけて江戸で倒した者は、我らの組織を裏切りし者、組織に入り込んでいた幕府の探索方隠密《おんみつ》、そして佐島屋のような幕府辣腕《らつわん》くノ一集団の総元締でございます」

「なにいっ……」

宗次はさすがに茫然となった。とてもくノ一の総元締などには見えなかった佐島屋であった。

「佐島屋がくノ一の総元締ですってい？……偽りじゃござんせんね」

「嘘《うそ》、偽りは宗次様には申し上げませぬ。縫製業佐島屋は大勢の縫《ぬ》い娘《こ》を抱えておりましょう。その内の七、八割は修練に修練を積み上げた腕優れたるくノ一でございまする。わたくしの言葉を信じて下さりませ」

「うーん。それにしても私《あつし》には、殺《や》られた者より、殺った連中の方が下種《げす》な獣に見えやしたがね。問答無用のその動き方がねい」

「宗次様の手にかかって倒された我が組織の者たちは皆、優秀なる闘士《もののふ》でございました。決して無学激情の粗暴な輩《やから》ではございませぬ。文武に優れた者たちであったことを告げさせて下さりませ」

「じゃあ、その文武に優れた闘士《もののふ》を倒した私《あっし》が憎うござんしょ」

「はい。でも今はそれを抑えてございます。宗次様に是非とも力添えを仰ぎたいがために」

「大事な事を訊くのを忘れておりやした。先程から組織組織と仰るが、一体《いってえ》何を目的とした集団でござんすか」

「………」

「もしや平家再興とか、公家政治の復活なんてえ飯事《ままごと》のような夢物語を求めていなさるんじゃねえでしょうねい」

「いけませぬか」

「やっぱり……合戦となりゃあ苦しむのは、民百姓など下下《しもじも》の者たちでござんすよ」

「徳川の政治は横暴に過ぎまする。己《おの》が勢力安泰のため外様《とざま》大名を次次と潰し、また徳川一族の正室・側室となって〝飾棚〟に置かれ不幸となった公家の娘たち数知れず……」

「数知れず？……」

「表向き知られている数などは、ほんの一握りでございまする。しかも正室・側室への求めを拒否すれば、たちまち給与（禄高）を召しあげられ、それがため消えていった公家も数知れず」

「なんと……真実《まこと》でござんすか」

「はい。天子様でさえその生活、決して楽ではありませぬ。その上、一挙一動が武家の厳しい監視下に置かれておりまする」

「輪子様に対しても徳川権力から、誰ぞの正室・側室になれという話は持ち込まれやしたか」

「はい。紀伊《きい》家の側室、第三夫人にと……老中会議の申し合わせによって、とかで」

「それで？」

「拒否いたしました。丁重にお断り、というような態度ですと徳川権力は承知いたしませぬ。断固として拒否、という姿勢を貫きませぬと」

「権力の報復がございやしたね」

「ございました。給与を召し上げられましてございます。また御老中筋《すじ》へ拒否を伝えに江戸へ向かいました父、母、兄の三人は……今日に至るも戻ってこぬままでございます」

「なんてこった……耳に入ってきていた話と、まるで違いやがる」

「え？」

「いや、こっちの事でござんす」

「宗次様、どうか組織に、いいえ、この宮小路輪子にお力をお貸し下さりませ。宗次様は尾張大納言様のお血筋でございまするのに、徳川一派に対する反骨精神ことのほか強く、とこの輪子の耳に届いてございます。どうか……」

「しかし、この館、どうもうさん臭いんでござんすが」

「この輪子を、お疑いですか」

「平家復興、公家政治の奪還、と鼻息は荒いが、軍資金はどうなさいやす」

「この館には〝ひと触れ三十両〟の楽しみを得ようと毎夜毎夜、地元大坂や近郷から豪商や大店《おおだな》の主人《あるじ》たちが、それこそ途切れることなく訪れます。その上がりを軍資金に」

「ひと触れ三十両？……なんでござんすか、それ」

「教養高く麗《うるわ》しい公家や武家の妻女の肌に触れるだけの楽しみでございまする。床の中で」

「まぐわい、ではなく単に触れる？」

「はい。まぐわいは許されてはおりませぬ」

「と言いやしても、寝床の中で触れ合っていやしたら自然と高まって、思いがけない事になる場合も多いんじゃござんせんかい」

「そこまでは、組織としては関知いたしませぬ」

「なんてこったい……」と、宗次は思わず舌を打ち鳴らした。

「それで、軍資金にあてる館の一晩の上がりは、いか程になりやすんで」

「約三千両」

「これはまた……十日で三万両でござんすか」と宗次は驚いた。百日で三十万両の計算だ。

「はい。もう充分に手当て出来ましてございまする」

ようやく春扇太夫は目を優しく細めて微笑んだ。

こいつあ危ねえ、と宗次は思った。合戦勃発《ぼっぱつ》の危険性がすこぶる高い、と読めたのだ。

「ところで輪子様は、ひと触れ三十両で、もう如何程《いかほど》、上がりに貢献されやしたので？」

「わたくしは、まだ誰とも」

「豪商狙いでござんすか。ひと触れ何万両もの」

「否定は致しませせぬ。でも何万両ともなると、触れるだけでは相手は承服いたしませぬでしょう。その時の覚悟は出来てございまする。目的のためならば」

と言って、口元をひきしめた春扇太夫だった。

「豪商淀屋辰五郎、近寄って来たのではござんせんか。二千両とか三千両とかで身請けしたい、と」

「ご存じであられましたか。でも桁が違う、と断わりましてございます。五万両なら生涯旦那様に添いとげまする……と」

「五万両とは凄い」

「でも、淀屋は幾度となく値切り出しました。こうなりますと組織の者が動いて力で淀屋を遠ざけてしまいまする。その後、五万両で承知、の話は他の豪商筋《すじ》から三件参っておりまするが……わたくしが……気に入りませぬので」

「気に入らぬ、などの理由は目的のためには通用しないんじゃござんせんので？」

「今日《こんにち》、只今、気に入らぬ気分に陥《おちい》ったのでございます。わたくしが悪いのではありませぬ。宗次様がお悪いのです。わたくしが想像していた御方《おかた》とは余りにも違い過ぎましたるゆえ」

「……」

「宗次様……」

「おっと待ちねえ」

　宗次は春扇太夫の口を制すると、淀屋から半ば無理に押し込み渡しされた金を不快気に取り出した。

　宗次は立ち上がって上段に近付いていき、そのまま春扇太夫に迫った。

「私《あつし》が今、迷うことなく気前よくお前様に差し出せるのは、これだけだ。いくらあるか知らねえが、三百両前後はありやしょう。こんなに重い金《もん》は私《あつし》は要《い》らねえ。邪魔だ。さしあげますさあ。これで普通の地味な生活に戻りなせえ。悪いことは言わねえ。復興だか復活なんてえのは夢のまた夢。徳川の根っ子はすでに全国に太く張り巡らされておりやす。無茶だ」

宗次はバシッと音立てて〝重かった金〟を春扇太夫の前に置いた。

「宗次様は、わたくしが地味な生活に戻ったならば、ずっと傍《そば》にいて下さいまするのでしょうか」

「それは出来ねえ」

「なぜでございます」

「出来ねえから、出来ねえんで」

「わたくしのような女は危険。近付いて火傷《やけど》をするのは御免、というお考えなのですね」

「そうかも知れねえな。いや、そうだ」

言って宗次は胸を痛めた。

「お考え直しください。宗次様が本気でわたくしを受け入れて下さいまするなら、わたくしは全てを宗次様に捧《ささ》げまする」

「駄目だ。出来やせん」

「どうしてもですか」

「へい、どうしても」

「……………」

春扇太夫が、はじめて今にも泣き出しそうな表情を見せた。

が、それは短い間だった。すぐに我を取り戻したようなキリッとした美しさに戻ると「判りました」と頷いて、宗次に注いでいた視線をずっと後方へ向けた。

いつの間にそこへ居並び座ったのであろうか。

白木張りの床に丸腰の男たち二十名。

そして畳敷きに二刀を帯びた侍たち二十名。

いや、前列中央の男のみ、何故か白柄の大刀、一刀だけである。

総勢四十名が、真っ直ぐに春扇太夫を見て、身じろぎ一つせず正座をしていた。

春扇太夫が、りんとした声で言い放った。そう、言い放ったという形容そのままの澄んだ鋭い声だった。

「江戸は鎌倉河岸の貧乏長屋に住む浮世絵師宗次……」

ガラリと口調を変えていた。先には八軒長屋と言っていたのが貧乏長屋に変わり、浮世絵師宗次殿であったのが呼び捨てとなっている。

「もはや無用の男じゃ。宗次は我らの組織を知り過ぎた。この館の三階から一歩たりとも外へ出してはならぬ」

春扇太夫の一声《いっせい》で、四十名の男共がザッと音立てて立ち上がった。

同時に、春扇太夫が〝重い金〟をその場に残したまま素早く奥へ後ずさり、そして姿を消した。

静かにゆっくりと腰を上げた宗次が、男共の方へ体の向きを変えた。

十四

上段御簾の間《ま》から白木張りの床へと下りた宗次を、丸腰の男たち——袴穿《はかまば》きの——が取り囲んだ。

畳敷きの巨大広間の二十名は、両拳を下げ僅かに両脚を開いた姿勢で整然と居並び微動だにしない。彼らもまた、下は袴穿き。

何《いず》れもその目つき、一廉《ひとかど》の者たちに相違なし、と思われた。

「せいやっ」

突如、丸腰の男たちの中から、裂帛《れっぱく》の気合ひとつが迸《ほとばし》った。

が、誰も動く様子がない。

宗次は着流しの前裾片方を、腰帯へ巻き込んだ。

両脚に自由な動きを与えるためだ。

宗次が、着流しの前裾を上げるなど、滅多にない事であった。

「せいやっ」

またしても裂帛の気合。

が、このとき既に信じられないような速さで、一人の男が宗次に挑みかかっていた。

双方の拳が、それこそ火花を散らすのではないか、と思われるほど激烈にぶつかり合った。バシッ、ビシッ、ガツンッと皮膚が、骨が悲鳴をあげる。

いや、双方は殴り合っているのではなかった。激しくめまぐるしく繰り出される四本の腕の先で、二十本の指が鉤《かぎ》のように曲がっていた。

組手争いだ。一撃で投げ殺すための、襟奪《えりど》り争いである。

相手の右鉤手《かぎて》が宗次の左奥襟を、左鉤手が袖を摑《つか》んだ。

腰を沈めた相手の強烈な〝引き〟に、耐える宗次の顔面が紅潮。

しかし、耐え切れない。

宗次の肉体が相手の右肩へ引き寄せられるや、大車輪を描いた。

ブンッと空気が唸る。

両鉤手で相手の両襟を奪《と》りはしたものの、宗次は両脚を大きく開いた状態で花散るように床に叩きつけられた。

と思われたが……叩きつけられた筈の宗次の肉体が、その寸前に床上三尺ほどの高さで左回りに回転していた。

一瞬であった。信じられぬ一瞬であった。

全身を思い切り伸ばしたかたちで回転した宗次の肉体を軸として、なんと相手の肉体も床から一気に離れ左回りに大きく回転。

床上六尺ほどの高さから、疾風《しっぷう》の如く真っ逆さまに叩きつけられた。

床がまるで大太鼓を打ち鳴らしたようにドオンと吼《ほ》え、その肉体が二度弾みながら仲間の足元へ滑り流れていく。

そして……ぴくりとも動かない。

残った丸腰の男たちは、目を見張った。

誰ひとりとして声を立てる者がいない。

「揚真流《ようしんりゅう》格闘術、巻之三炎《ひ》之章、霞落《かすみおと》し」

すうっと静かな様《さま》で立ったまま、何事もないように宗次が言った。

さながら呟きのように、ひっそりと。

この時になって倒された闘士の肩口から、どろりと血が流れ出した。

折れた骨が皮膚を突き破りでもしたのであろうか。

「仁市《にいち》、ゆけい」

誰が命じたのか即座に「おう」があって、三十前後に見える男が円陣から一歩進み出た。長身だ。眦《まなじり》が跳ね上がっている。

「無想流柔術皆伝、浦能《うらのう》仁市。参る」

相手は、きちんと名乗った。頭は、むろん下げない。ミシリと両拳を軋《きし》ませた。

（矢張り無想流柔術であったか……）と、宗次は高岡専之介の顔を思い出して顔を曇らせたが、誰も気付く筈がない。

（あの御方《おかた》も案外、宮小路集団の一員であったのだろうか）

そうは思いたくない、と思いつつも悪く想像してしまう宗次だった。

「覚悟っ」

浦能仁市が発し、宗次に向かって突き進んだ。

力みは見せていない。だが目つきは凄《すさ》まじかった。

宗次は両腕を左右に開き「さあ来いっ」を見せた。相手は皆伝者である。堂堂と組んで、無想流の業《わざ》に対峙《たいじ》したかった。

「正統なる相手ならば常に正対せよ。相手の業の真理は正対からこそ学びとれる」

それが父であり恩師である梁伊対馬守隆房の教えであった。

「おうっ」

浦能が両鉤手を前に突き出して、宗次の両襟を奪《と》ろうとした。

と見せかけて――。

閃光のような連打が宗次の左右の頬に襲いかかった。

反射的に宗次は背中を反らせた。が、一撃が顎《あご》の先をかすめて、宗次がグラリとよろめく。

顎へのかすめ打ちは思いのほか効く。

宗次が両脚の乱れを正すよりも遥かに速く、浦能が両襟を奪《と》り前方へ倒れ込むように深く上体を沈めた。

豪快且《か》つ猛速の両襟背負。誰の目にもそう見えた。難度の高い変則業だ。

だが宗次は、浦能の腰から右脇へと滑るように素早く回り込んだ。

双方の脚が位置を奪い合って、白刃《しらは》のように打ち合い鈍《にぶ》い音を発した。

止まらない。止まらない。

浦能が前へ、宗次が前へ、浦能が前へ、宗次が前へ。

「うおっ」

浦能が吼え、宗次の肉体が宙に浮いた。

が、宗次の左掌《てのひら》が渾身の力で浦能の背を押していた。

すき間《ま》三寸。

浦能の背部と宗次の胸腹部に生じたその僅かな差が、浦能の投げ業を殺した。殺されて鬼の形相《ぎようそう》となった浦能の足が、ツツツと前へ泳ぎ乱れる。

それを見逃す筈のない宗次が上体を強く揺さぶり、両足を床に着けた。

刹那《せつな》。浦能は背後から、恐るべき腕力でかつぎ上げられていた。

宗次が上体を右へねじりつつ自分から後方へ朽《く》ち木《き》の如く倒れ込んでいく。

速い。さながら、どんでん返しの勢い。

宗次の腰腹部《ようふくぶ》に乗せられた浦能が、両脚を天に向けて開き、頭から床めがけて投げつけられた。

あざやかな宗次の裏投げ。

投げられて浦能が全身を海老《えび》のように丸め、浴びる打撃を最小限に抑えた。

それでも浦能の肉体は、床の上で大きく弾み骨肉を軋ませる。

軋ませて弾んで、浦能はしなやかに立ち上がった。

眦の跳ね上がった双つの目が、宗次を捉えてギンッと光った。

（こやつ……猫か）と、宗次は胸の内で舌を巻いた。

浦能が再び宗次に挑みかかる。休まない。休まない。休まない。凄まじい形相。

間近に迫った浦能の喉仏を狙って、宗次は右から回し込むような拳を打ち込んだ。ヒヨッと空気の切れる鋭い音。

それを左の肘で受け払った浦能が、宗次の胸骨の真下へ、真っ直ぐに右の一撃を放った。格闘技だ。投げ業も拳業も足業もある。

宗次が上体を右へ振って避け、空《くう》を泳いだ浦能の右腕を腋《わき》に挟み込むや左手でがっしりとその手首を摑んだ。

浦能がハッとなった。はっきりと怯えを見せた。

「むんっ」

と、この時にはもう宗次の右脚は、浦能の股間深くに潜り込み、痛烈に跳ね上げていた。目にもとまらぬ速さ。

風が起こった。渦が生じて空気が激震した。

宗次の腰より遥かに高い空《くう》で、浦能の肉体が風車のように音立てて二回転。

手首を掴まれている浦能の肩が回転に逆らい、メリメリと断末魔の悲鳴をあげてねじれる。

「ぐあっ」

たまらず浦能が絶叫。

だが地獄は連続した。閃光のような速さで連続した。容赦しない。

二回転して床に落下するかと見た浦能の手首を、宗次はまだ放さなかった。

なんとその手首を電光石火己《おの》れの肩へ持っていくや、まだ回転を残している浦能の肉体に一本背負を仕掛けた。不可能！

だが逆肘状態で宗次の肩に乗った浦能の腕はボキッと泣き、その肉体は回転しつつ大車輪を描いた。

見ている練達の闘士たちが、絵を見るようなその完璧な無残さに思わず目を閉じた。

顔面、胸、腹の側から白木の床に叩き付けられた浦能が、ドオーンと館を震わせる。

彼の肉体は弾まなかった。いや、弾めなかった。宗次の右肘が浦能の背の芯を押さえ込んでいた。

恐るべき異形の片手一本背負い。受身の利かぬ凄まじい速さの前面落下に見ている闘士たちは青ざめ生唾《なまつば》を飲み込んだ。

宗次は腰を上げ、彼ら闘士たちを静かに見まわして告げた。

「揚真流格闘術、巻之六風雪之章、炎《ひ》の鳥《とり》」

闘士たちは、ざわめいた。我を忘れてざわめいた。

炎《ひ》の鳥《とり》――それこそ武闘界で伝説の大技として噂され、「何者であろうとも絶対に修得不可能らしい」と囁かれてきた大剣聖梁伊対馬守の最高奥儀《おうぎ》であった。高難度の〝殺し業〟である。

その伝説の大技炎《ひ》の鳥《とり》を、闘士たちは今まちがいなく目の前で見た。

そして彼らは知った。「絶対に修得不可能だ」と。

「もうよい。柔術班は退《さ》がりなさい」

段の上でこのとき、声があった。

宗次は振り向かなかった。春扇太夫が座していた位置に、いま宮小路高子《たかし》の姿があることを既に捉えていた。

「ですが、このままでは……」と、闘士の一人が段の上へ一歩進み出る。

「もうよい、と言うておる。優れた猛者《もさ》多い柔術班で、龍虎《りゅうこ》、双璧《そうへき》、とまで言われる地位にあった浦能仁市ほどの者が、赤子《あかご》のようにあしらわれたのじゃ。いま大切な構成員をこれ以上失う訳には参らぬ」

「………」

「ご苦労であった。柔術班は退がりなさい」

言葉穏やかな指示に、柔術班は規律正しい一礼を見せると、広大な部屋から消えていった。息絶えて伏している仲間二人と共に力なく。

「とは言うても浮世絵師宗次。そなたをこの館から出す訳にはいかぬ。しかし、いたずらに大切な構成員を失いたくない、という本音も我らにはある……」

言葉を切った宮小路高子は座していた場から離れ、御簾《みす》の間の端までやってきて座った。

「それにな、江戸で名の知れた浮世絵師に、江戸と並ぶ大きなこの大坂の町で我らを調べる目的でうろうろ動き回られると困るのじゃ。いくら大坂には侍の姿が少ないとは言うても、京都所司代の役地や小番所もあれば町奉行所もある。江戸の浮世絵師が目立つ事で、我らの存在がいたずらに目立つという心配もあるのでのう」

「だからこの宗次を消す……ですかい」

「とは言うても我らは余り卑怯《ひきよう》ではありたくない。そこで……」

「そこで？」

宮小路高子は、すうっと立ち上がってニッと笑った。

「私が立ち合おう。私を倒せばこの館から去ってもよい」

「本当《まこと》か」

「偽りは言わぬ。卑怯ではありたくない、と申したはず」

「承《うけたまわ》った」

「宜しい」

頷いた宮小路高子の視線が、腰に二刀を帯びた——一人は白柄の一刀だが——集団の方へ向けられた。

「六造。来なさい」

「はい」

応じて日焼けした精悍《せいかん》な印象の男が、足早に御簾の間の前へやって来た。腰に帯びた大刀の白柄は、宗次が腰に帯びた小刀の白柄と全く同じ拵《こしら》えだった。

上馬村の庄屋三右衛門の子息六造に違いなかった。

「六造。そなたの大刀を浮世絵師に貸してやれ」

「はい」

命じられて六造は、腰の大刀を宗次に差し出した。

受け取った宗次は、大刀を腰に帯び、小刀を抜き取って六造に手渡した。

「ちょいとした縁《えん》がありやしてね。上馬村の三右衛門さんには、一晩お世話になりやした。そのとき高子《たかこ》さんから、旅の護りにどうぞ、と差し出されたものでござんすよ」

「……………」

「下らねえ夢を追わず、三右衛門さんの元へ帰っておあげなせえ」

「……………」

六造は一言も発せずに、集団の方へ戻っていった。

宮小路高子《たかし》が御簾の間から下りて、およそ三間《げん》を空け宗次と向き合った。

宗次は言った。

「輪子様も美しいが、お前さんも何とまあ綺麗なことよ。涼やかな気品漂わせ、まるで男白百合《おとこしらゆり》じゃわ」

「ふふっ。それが私の強みじゃ。何事に於いても」

「けどよ。無想流道場の高岡専之介先生は顔を歪《ゆが》めて仰っていやした。アレは京《みやこ》の極悪人史上、類を見ぬ冷血漢となし

「左様、私は冷血漢じゃ。その恐ろしさを今、お見せしよう」

「受けやしょう」

「そこの皆、私に何があっても手出し無用ぞ。冷血漢には冷血漢の激しい誇りがある。心しておけい」

言い放って宮小路高子は、ゆっくりと、それこそゆっくりと、腰の大刀を鞘《さや》から滑らせた。

微かに……衣擦《きぬず》れのような音がした。

宗次も六造の愛刀を穏やかに鞘から抜き放った。

鞘がシャラリと砂を撫《な》でたような音をこぼした。

名匠鍛冶による刃と、名鞘師による鞘の内側との、絶妙な触れ合いの音《ね》であった。

いま間違いなく名刀を手にしていることを、宗次は確信した。

宮小路高子《たかし》が正眼、対する宗次も正眼。

見守る二十名の武士集団は息を殺した。二十名は知り過ぎるほど知っていた。畿内《きない》の名の知れた道場主や剣客たちが、京《みやこ》の神伝一刀流道場で麒麟児《きりんじ》と謳《うた》われた宮小路高子に手合わせを求められ、一人も勝てていないことを。

むろん高岡専之介も。

そして京の神伝一刀流道場の主《あるじ》、進藤秀定さえも。

長いこと、ひと揺れもせず、宮小路高子と宗次は向き合った。

誰がどの花魁を名指しして戯れているのか、それらしい感情を含ませた琴の音がびろうど障子の向こうから、微かに聞こえてくる。

さらに男の野太い笑い声も。

と、宮小路高子が切っ先をすうっと下げた。軽く踏み出している右足の甲の真上あたりに。
宗次が正眼の構えを崩さず、ジリッと間《ま》を詰めた。
高子もそれに応じ、下段構えのまま僅かに踏み出した。
そのまま、また重苦しい刻《とき》が二人を包んでゆく。
お互い、目を細めていた。目の動きを読まれるのを警戒しているのか？
微かに聞こえていた琴の音《ね》が消えた。男の野太い笑い声も。
〝ひと触れ三十両〟から、本番へでも移ったというのであろうか。
高子が、ふっと笑った。妖しい匂いを放って、さながら女性《にょしょう》の笑いだった。
が、直後に激変が生じた。
高子が床を蹴って、剣が高高と頭上にあがった。
宗次が目の高さを超えた高子の片足首を、半歩踏み込みざま切っ先で薙《な》ぎ払う。
しかし、その切っ先は空《くう》を切った。
胡蝶《こちょう》のように宗次の頭上を舞って、高子は反対側間近にふわりと立った。
宗次が、くるりと向き直って正眼。まったく慌てていない。

高子が、刃《やいば》を天井に向けた刀を肩にのせ、またしても笑った。妖しく。

「大層な身の軽さ、大層な自信、それに大層な妖しさ、だがよ……剣の基本を忘れていなさる。いや、出来ていねえやな自信殿」

正眼に構えた物静かな宗次の言葉であった。

高子が、笑みを消した。頬をひくつかせている。

「来なせえ。お教え致しやしょう」

「貴様あ」

不意に高子が怒声を発した。

壮烈な激突を、宗次の胸倉へ炎《ひ》だるまのようになって飛び込み叩きつける。

鋼《はがね》と鋼の打ち合う音が二度あって、高子の切っ先三寸は、あっという間《ま》に宗次の下顎、こめかみ、左手首の皮膚をかすめ切った。

「おう」と、武士団が騒いだ。期待への騒ぎだ。

二度打ち合って正眼の構えに戻った宗次の傷口から、糸のような血が伝い落ちた。

「いい太刀筋《たちすじ》でござんす。相手を圧せんばかりの気迫もお見事。だが踏み込みがいい。浅いのではなく弱い。それに刀を手首だけに頼って振り回してござんすね。それじゃあ、私《あっし》にかすり傷程度を負わせるのが、せいぜいでございましょうよ」

「なにいっ」

まるで光のような速さで、高子は斬りかかった。

京《みやこ》で名高い神伝一刀流道場で、麒麟児と謳われた時代を背負ってきた宮小路高子である。

その太刀筋が修練不足な訳がなかった。

高子は打ち込んだ。ぬん、ぬん、ぬん、と猛烈に打ち込んだ。

宗次は受けた。受けながら（こいつぁ千人に一人の天才剣士……）と思った。

宗次は一歩も退がらず、がっちりと受けていた。

ひとたび押されて弱気受けすれば、高子の剣は炎《ひ》のように燃え盛る、と読み切っていた。流れに乗れば際限なく強くなる剣、だと。

「せいやあっ」

肩、面、肩、面と打っていた高子の剣が、翻《ひるがえ》って宗次の胴を左から右へと払った。速い。すばらしい速さだ、と宗次は思った。思いながら、六造剣でガチンと受け払う。かろうじて。

火花が二人の目の高さまで舞い上がる程の、高子の強烈な打撃剣であった。ただ、早くも高子は息を乱していた。

それに反し、正眼の構えに戻した宗次の呼吸は、さながら一呼吸もしていないかのような穏やかさであった。ここが違った。これが厳父対馬守隆房譲りの剣法であった。

宗次の口から、侍言葉が重重しい口調で出た。

「剣客たる者、いかなる場合も自信あってはならぬ、また弱気であってはならぬ。ひたすら心しずめて切っ先を眺むるべし……これは我が父、大剣聖梁伊対馬守隆房の教えじゃ。宮小路高子殿」

「聞く耳持たぬ」

「哀れな……そなたの師は、そなたを余程に甘やかしたのう」

「おのれえ」

感情を炸裂《さくれつ》させた高子は武者ぶり付かんばかりに面、袈裟《けさ》、面、面、喉と刃を走らせた。まさに、烈火の斬殺剣であった。

六撃目、高子が深深と踏み込みざま、宗次の横面に光のような一撃を加えようとした刹那《せつな》、六造剣がふわりと舞った。

二十名の武士集団には、まぎれもなくそう見えていた。

だが彼らの耳に届いたのは、ザスンッという凄絶《せいぜつ》な鈍い切断音であった。

宗次が六造剣を軽くひと振りして刃の血脂を飛ばし、ゆっくりと鞘に納める。

高子はまだ、宗次に斬りかかる様《さま》のままであった。

その目が宙を泳いでいる。何を言いたいのか、唇が震えていた。

高子に悲劇が襲いかかったと判って、二十名が一斉に抜刀。

その彼らに対し、宗次はそっと首を横に振ってみせた。

「よせ」と言わんばかりに。

高子はよろめき、床に剣を突き立ててすがった。

「宗……宗次殿……輪子を……輪子を頼み……申す。あれに……あれに戦《いくさ》を……させてはならぬ……頼み……申す」

宗次は高子に近付き、そっと床に横たえた。

「確かに引き受け申した。お約束いたす」

「おお……有り難や」

高子が首を折った。

この時になってようやく、高子の左肩から右脇腹にかけてが口を開き、血が噴き出した。

「お館《やかた》様」

と、武士団が高子の遺骸に駈け寄った。

「争いは残酷じゃ。人は争うてはならぬ。思い合わねばならぬ。人はいずれ誰もが黄泉《よみ》の国へ呼ばれるからのう」

宗次はそう言いつつ、間近にいた六造に大刀を差し出した。

六造が、威儀を正してそれを受取り、宗次と目を合わせた。

「六造、そなた真剣で斬り合《お》うたことはあるか」

「いいえ、ございません」

「よかったな。その仕合わせを大切にすることじゃ」

宗次はそう言って六造の肩に軽く触れると、悲しみの場から離れた。

また琴の音が聞こえ出した。淋《さび》しく……。

完

夢《ゆめ》と知《し》りせば〈二〉

一

「えいっ……」

「弱い。強く踏み込んで、もう一本」

「とおっ」

「甘い。更に踏み込んで。もっと激しく」

「とおっ」

「よし、満点。今日はこれまで」

一刀流日暮坂《ひぐれざか》道場の**芳原竜之助頼宗《よしはらたつのすけよりむね》**は竹刀《しない》を下げて、素早く後ろへ下がって軽く相手を睨《ね》めつけた。道場の端に正座をして居並びその稽古《けいこ》を見守っていた門弟たちの内の一人が立ち上がり、芳原竜之助に歩み寄って軽く一礼し白髪《はくはつ》美しい老師の手から竹刀を受け取って皆が居並ぶ所まで戻って、それを壁の竹刀掛けに横掛けした。

それを待って芳原竜之助は今まで稽古《けいこ》をつけていた相手に、ゆっくりと近寄った。その相手は、小幅に両脚を開いて立ち、竹刀を持つ手に力をこめ肩で大きく息をしていた。老師を見かえす目は綺麗《きれい》な切れ長の二重《ふたえ》で、きらきらと輝いている瞳には、まだまだ稽古不足、と言いたげな感情をはっきりと漂わせている。

女――そう、女であった。老師芳原竜之助と互角とも見える猛烈な稽古をしていたのは、きりりとした容姿の妙齢の女性だった。

「どうなされたのだ。この四、五日、稽古の最中にフッと力の抜ける瞬間が見られますぞ……」

芳原竜之助の相手――女剣士――に対する口調には、礼儀を調《ととの》えたかに見える、控えめな穏やかさがあった。

「申し訳ございませぬ先生……大変失礼いたしました」

女剣士は漸《よう》やくのこと全身から力を抜くと、右手の竹刀をやや後ろに引き深深と頭を下げた。

「体の調子が悪そうには見えぬが……」

見守る門弟たちの手前もあって、芳原竜之助の声は低くなった。彼は江戸剣術界では五傑《ごけつ》の一人に数えられている剣客である。高潔な人柄で知られ門弟たちから尊敬されており、一刀流日暮坂道場は隆盛を極めていた。

「実は先生……」

老師に応じる女剣士の声も、門弟たちに遠慮するかのように低くなった。肩を大きく波打たせていた荒い呼吸《いき》は鎮《しず》まりかけている。

「心配事があるなら打ち明けなされ。遠慮はいりませぬ。他言も致しませぬゆえ」

「いいえ先生。心配事と申すよりは……」

そこで女剣士は老師との間を半歩詰め、落ち着いた表情で更に小声となった。

「そのまま然《さ》り気《げ》無く私の背側の格子窓《こうしまど》を御覧ください。傷《いた》みひどい古菅笠《ふるすげがさ》を前下げ気味にかぶった背の高い町人態《てい》が、道場を覗《のぞ》いてございましょう」

「ん?……いや、そのような者は見当たらぬが」

「え?」

女剣士は振り向いた。そのような人物は、格子窓の向こうからいつの間《ま》にか消えていた。

「ま、いつの間《ま》に……」

「消えている……のかね」

「はい」

「ともかく、師弟が道場の中央で囁《ささや》き合うのは門弟たちの手前、感心しない。**接見室**で待っていなされ。直《す》ぐに参ります」

「承知いたしました」

女剣士は頷《うなず》いて一礼し、道場から出ていった。**接見室**とは壁ひとつ隔《へだ》ててある隣の畳座敷である。ここ一刀流日暮坂道場では客間とは言わず、接見室と称していた。一刀流日暮坂道場には芳原の高潔な人柄や教え方の巧《うま》さを耳にした入門希望者や他流試合を望む者が殆《ほとん》ど連日のように訪れる。

芳原竜之助は接見室でそういった相手と、人物を選ぶことなく面談した。門弟たちの相談事、悩み事なども芳原はこの接見室で聞いた。

「塚野《つかの》」

「はい」

「一班、二班に打ち返しを連続三百回させよ」

「畏《かしこ》まりました」

「倉内《くらうち》」

「はっ」

「三班、四班に打ち落としわざを連続三百回」

「了解です」

「大池《おおいけ》」

「はい先生……」

「五班は与御神社《あたごじんじゃ》の石組階段百五十段を三回往復」

「心得ました」

老師芳原は塚野、倉内、大池の三高弟に門弟たちへの鍛錬を命じると、道場から静かに出ていった。

芳原の口から出た班とは、剣技に秀《すぐ》れた者別に分けられたもので、一班が最も秀《すぐ》れ、二班、三班……と続いていた。

新しい入門者は過去にどれほどの経験を積んできたとしても、必ず最下位の五班に位置付けされた。

　上位の班へ上がるには年に二度ある昇班試験を潜《くぐ》らねばならず、原則として飛び班（いわゆる飛び級）は認められなかった。

　これら一班から四班に対して芳原が命じた稽古、**打ち返し**および**打ち落としわざ**についていささか述べておく必要があろうか。

打ち返しとは、正面からと左右面への連続打ちという高度な業《わざ》を指し、急所を外さない正確さと抜きん出た速さを必要としている。

打ち落としわざは、小手打ち落とし面、突き打ち落とし面、胴打ち落とし面などの業《わざ》を指しており、面を最後の的《まと》とする二段連続打ちである。これも抜きん出た速さが不可欠だ。

　道場を出た芳原は稽古着のまま、接見室に入っていった。日差しあふれる広い中庭に面した部屋だった。白い大きな花を咲かせた木が二本、植わっている。

　正座する女剣士が畳に両手をついて軽く頭《こうべ》を下げた。芳原は床《とこ》の間《ま》を背にしてゆったりと腰を下ろした。

「で、古菅笠《ふるすげがさ》の町人態《てい》というのは？……」

座るなり芳原は、穏やかな口調で切り出した。うちの先生の白髪《はくはつ》は本当に綺麗だ、と門弟たちが自慢するその白髪が、中庭から差し込む明りを浴び、上品な輝きを放っている。

女剣士は語り出した。

「私《わたくし》がその背丈に恵まれた町人態を意識し始めましたのは、十日ほど前からでございましょうか。はじめの内は、格子窓に顔を寄せて熱心に見物する町人たちの内の一人、と思っていたのですけれど、四、五日ほど前から稽古中の私に向かって、鋭い気合いを発するようになったのでございます」

「なにっ、気合いを？」

それまで穏やかだった老師の顔色が少し変わった。

「すみませぬ。言葉足らずでございました。**無言の気合い**を、でございます」

「どのような無言の気合いなのです？……感じたままでよい、申してみなさい」

「無言の気合いと受け取れますのに、それが言葉となって私《わたくし》の脳裏《のうり》に響くような気が致しました。たとえば稽古相手に面を打ち込んだ時に、粗《あら》い、とか、突きを繰り出した際に、腋《わき》、とかいった……」

「ほう、それは凄《すご》い。町人態ながらよく言い当てておる」

「え？」

「舞《まい》殿。そなたの面打ちの練度は非常に高いのだが、時として粗《あら》さが顔を出します。まだ充分以上に完成してはいないと私は見ておったのです。突き業《わざ》も同じじゃ。今の練度でもし真剣勝負をするような場合があって、もし舞《まい》殿が突きを放ったなら、まず腋《わき》を下から上に向かって斬り上げられよう」

「先生……」

「が、心配することはない。二天一流《にてんいちりゆう》の小太刀業《こだちわざ》が皆伝《かいでん》に間近な舞《まい》殿は、自分の剣法の欠点を本能的に改めてゆく力を備えておられる。焦らずに精進《しようじん》しなさるがよい。それにしても、その古菅笠の町人態、一体何者……」

女剣士の名舞《まい》を口にした白髪美しい老師は、言葉のおわりを呟《つぶや》きとして腕組をし考え込んでしまった。

二天一流の小太刀業が皆伝に近いという舞《まい》——この凛《りん》とした若い女性は書院

番頭四千石旗本笠原加賀守房則《かさはらかがのかみふさのり》の姫君十九歳であった。

二

「ともかく何者とも知れぬ町人態ゆえ、御屋敷と道場との間の往き来には、充分にお気を付けなさるように……今日の稽古は、もう宜《よろ》しいでしょう」

舞にそう告げたあと、接見室を出た芳原竜之助は、表通りに面した大道場と渡り廊下で結ばれている住居《すまい》へと移動した。

道場の広さ拵《こしら》えの立派さに比べ、三間《みま》に台所が付いただけの小さなひっそりとした住居《すまい》だった。

燦燦《さんさん》たる午後の日差しあふれる庭の展《ひろ》がりは、殆どが畑で豊かに育った青菜などで占められている。

芳原は障子が開け放たれている十畳の居間へ入る際、明るい日の下《もと》、畑で鍬《くわ》を振るっていた老夫婦がこちらへ会釈《えしゃく》をしたので、にっこりと頷《うなず》き返した。

老夫婦の雨助《あますけ》とサエは近くに棲《す》む、通《かよ》いの下働きだった。もう随分と長く芳原の日常生活を助けている実直な老夫婦だ。

居間に入った芳原は障子を閉じて稽古着を、こざっぱりとした普段着に着替えた。

そして、稽古の余韻《よいん》を残したそれまでの武人らしい表情を、どちらかと言えば冷《つめ》たく調《ととの》えた。

彼は帯に大小刀を差し通すと、畳一枚ほどの床《とこ》の間《ま》の前に立った。

その床の間に一幅《いっぷく》の掛軸《かけじく》が掛かっており、さらさらと流れるような流麗な筆勢で、一首うたわれていた。掛軸そのものは自作なのだが、うたわれているのは〝ある人が書した〟古今集《こきんしゆう》だ。


月影にわが身を変ふるものならばつれなき人もあはれとや見む

暫《しばら》くの間、身じろぎもせず熟《じ》っと掛軸の一首を見つめていた芳原であったが、やがて「ふう……」と小さな溜息《ためいき》を吐《つ》き、静かな足取りで居間から出ていった。

彼は五十八歳になる今日まで、妻を娶《めと》ることもなく一人身《ひとりみ》を貫いてきた。知人友人の誰が結婚をすすめても、芳原は頑《かたく》ななまでに首を縦に振ることがなかった。

その頑なさの原因が、実は一幅《いっぷく》の掛軸の中にうたわれている歌にあったのだが、それを知るのは剣客芳原自身、ただ一人だけだった。

芳原は、門弟たちがまだ激しい稽古をしているなか道場を出ると、表通りに沿うかたちで東西に流れている清流大堰川《おおいがわ》に沿って、東へゆっくりと歩き出した。正午に少し前のこの刻限に道場を出て大堰川《おおいがわ》沿いに何処《どこ》やらへ向かう彼の月に三、四度ある習慣は、もう随分と長く続いており、門弟たちも然り気無しに承知していた。また大《たい》して気にもしていなかった。

その訳は、芳原の高潔な人柄と、老いてなお剣客として凛《りん》とした風格を失わぬところにあった。銀糸のように美しく豊かな白髪が、門弟たちの憧《あこが》れを誘っていることもそれに影響している。

緑ゆたかな柳並木の下を歩いていた芳原の足が、ふっと緩《ゆる》んだ。

向こうから道具箱を肩にかついだ、大工の吾吉《ごきち》が小駈《こが》けにやってくる。顔見知りだ。道場や住居《すまい》の不具合なところをいつも手際よく直してくれる。

芳原は緩んだ歩みを止めぬまま軽く手を上げてみせた。

吾吉が気付いた。

「これは先生。今日も気持の良い日和《ひより》で……」

と、双方の隔《へだ》たりを埋めるかのように、威勢のよい〝職人声〟だ。

「なあに。これから仕事かね。いつもより随分と遅いではないか」

「これから一軒めの作業を片付けやして、これから二軒めの仕事場でございますよ」

「そうか。近い内にまた私の所《すまい》へ来てくれぬか。検《み》て貰《もら》いたいところが二、三あってな」

と、双方の間が狭《せば》まって、

「承知いたしやした。そいじゃあ二、三日の内に……」

「うん」

芳原と吾吉は笑顔でなごやかに頷き合い、東西に擦《す》れ違った。

芳原の顔が再び穏やかな剣客の表情に戻った。

彼は四半刻《しはんとき》ばかり（三十分ほど）歩いて**大堰川**《おおいがわ》沿いから離れると、通りを右に折れて入っていった。

小屋敷が密集し向き合って建ち並んでいる通りだった。小拵《こごしら》えの長屋門や木戸門、冠木門《かぶきもん》などが殆ど順不同のかたちで続いている。小拵えの長屋門は小禄旗本の屋敷であろうし、木戸門は御家人の、冠木門はおそらく何処ぞの与力あたりの住居《すまい》なのであろう。

この小屋敷が建ち並ぶ通りを、江戸っ子たちは**花屋敷通り**《はなやしき》と呼んでいた。丈高いむさ苦しい印象の土塀とか板塀で敷地を囲っている住居《すまい》は少なく、古今集や万葉集などに登場する山吹《やまぶき》、躑躅《つつじ》、椿《つばき》などを人肩《ひとかた》の高さに剪定《せんてい》して生垣とする小屋敷が多かった。

また江戸初期の頃から人気の栽培種である小手毬《こでまり》の生垣もたいへん好まれていた。

この花屋敷通りを真っ直ぐに二町半ばかり（二七〇メートルほど）進んだ突き当たりに、**輪済宗幸山院**《りんさいしゅうこうさんいん》がある。

大寺院ではなかったが、**経蔵**《きょうぞう》（仏陀《ぶつだ》の教法を書きとどめた経典の収納庫）や**鐘楼**《しょうろう》および金堂《こんどう》（ご本尊安置堂のこと。本堂とも）や庫裏《くり》（寺院の日常を担《にな》う建物）などをこぢんまりと調え、広大な墓地とそれを囲む林を持っていた。

芳原家の墓は、この幸山院にある。一刀流と念流《ねんりゅう》のかなりの遣《つか》い手《て》として知られていたものの世渡り下手《べた》で大酒呑《の》みだった芳原竜之助の父源之助頼織《げんのすけよりおき》は今より二十年前に病没し、母志乃《しの》は五年前に老衰《ろうすい》で眠るようにしてこの世を去っている。

源之助頼織《よりおき》時代は貧相《ひんそう》だった一刀流日暮坂道場を今日の隆盛へと導いたのは、青年の頃より日暮坂の小天狗《こてんぐ》と江戸剣術界に名を売っていた、他人《ひと》に愛される性格の竜之助の努力によるところが大きい。

彼のゆっくりとした歩みは、幸山院の三門の前まで来て静かに止まった。

通りの右手角はむさ苦しい高い板塀で敷地を隠している小旗本の屋敷だった。小旗本とはいえ直参《じきさん》旗本であるから、花の生垣などでうっかり邸内を覗かせてなるものか、という誇りでもあるのだろうか。

長屋門――小拵えの――も確《しっか》りと閉じている。まさに、むさ苦しい。

それに比べ通りの左手角は、小拵えの長屋門ゆえ小旗本とは判《わか》ったが、土塀板塀を全く持たず目に眩《まぶ》しい黄金色《こがねいろ》で敷地を囲っていた。しかも黄金色《こがねいろ》は微かな芳香を漂わせている。

山吹《やまぶき》の生垣であった。人肩《ひとかた》の高さで綺麗に剪定《せんてい》された山吹が、思わず息をのんでしまう程のあざやかさで黄色い花をびっしりと咲かせていたのだ。

剣客芳原竜之助は静まり返った花屋敷通りを見まわしたあと、黄金色《こがねいろ》の生垣に呼吸《いき》を止めたかのような表情で歩み寄ってゆき、松や藤棚《ふじだな》が丁寧に調えられている庭内を少し緊張した様子で見まわした。

松の他にも様様《さまざま》な樹木が庭に繁《しげ》っているため、建物の様子までは窺《うかが》えなかったが、庭内を見ることだけで満足だったのか、彼は黄金色《こがねいろ》の生垣から離れて歩き出した。山吹の花に負けぬ程に美しく豊かな彼の白髪《はくはつ》が、生垣から離れたとたん日を浴びてきらりと白銀色《しろがねいろ》に輝いた。

山吹の生垣を離れた彼が、目の前の幸山院に向かって歩みかけたとき、

「芳原先生……」

と、後ろから控え気味に声が掛かった。

ん？　と芳原が歩みを止め振り返ると、

三、四尺もの厚みがある山吹の生垣

窺えない。の向こうに、老爺《ろうや》の顔があった。小柄なのであろう。顎《あご》から下は生垣に隠れて

「やあ、六平《ろくへい》……」

顔見知りとみえて竜之助の口元に笑みが浮かび、彼は再び山吹の傍《そば》まで戻った。

六平とかの老爺にならってであろうか、控えめな声だった。

「いよいよ見事に満開だな。この調子だと今年も五月を軽くこえて六月半ばくらい迄《まで》は咲き続けそうだ」

「いいえ先生。七月に入っても咲かせてみせます」

「七月に入ってもと言うのは、少し難《むつか》しいであろう。ま、しかし六平の手入れの腕は職人以上ゆえ、ひょっとすれば……」

などと言葉交わす剣客芳原の様子は、どこか楽しそうだった。

「七月まで大丈夫と思って下さいましよ先生。はい、これ。お持ち下さい」

生垣の向こうで老爺は背伸びをし肩のあたりまで覗かせると、三、四尺もの厚みで密集して咲く黄金色《こがねいろ》の花の上に両手を乗せるようにして差し出した。右

の手には小型の鎌を持ち、思い切りよく伸ばした左手には刈り取ったばかりの山吹の小枝を何本か持っている。目映《まばゆ》い花がびっしりだ。

「いつもすまぬな」

その何本かの小枝を受け取る竜之助に、

「何を仰《おつしや》います水臭い。私がいなくとも遠慮なく切り取ってお持ち下さいまし。この屋敷の誰もが承知なさっている事でございますから」

「そういえば御隠居様……いや、信右衛門《のぶえもん》殿の御様子などはどうかな」

「はい、先生ご存じのように、なにしろ御高齢でいらっしゃいますからねえ。昨年暮れにひどい風邪《かぜ》にやられたあとは寝たり起きたりと……食も細くていらっしゃるようです」

「それはいかぬな……ま、元気を取り戻されるように祈っていよう」

「恐れ入ります」

「それでは、山吹をすまぬな」

竜之助は柔和《にゆうわ》な笑みを見せて小さく頷き、六平に背を向けて歩き出した。

と、六平が（あ、お待ちを……）と言いたげな表情で、背伸びしていた上体を思わず前に深く傾けた。黄金色の生垣がパリパリと低い悲鳴をあげる。しかし、数え切れぬ程のよく育った幹は確《しっか》りと立ち並んで厚みを拵え、枝枝は絡《から》み合って頑丈になっていたから、小柄な老爺ひとりの重さでは潰《つぶ》れる筈《はず》もない。

何かを語り残したような六平の表情が諦《あきら》めをみせ、竜之助の後ろ姿が幸山院の三門を潜って木陰に見えなくなった。六平の老いた口から深い溜息《ためいき》が漏れる。

庭仕事や風呂まわりの雑用を長く担《にな》ってきた**加賀野家**《かがの》に忠実な下僕六平であったが、古女房の気立てやさしい**カネ**も奥向きの雑用を夫六平に合わせ長くこなしてきた。竜之助は、そのカネのこともよく知っている。

芳原家とだけ小さな字で彫られた古い墓碑《ぼひ》の前に、竜之助は手にする山吹の花のうち二本を供《そな》えた。そして残りの山吹の花を手にしたまま目を閉じた。両親が眠っている先祖代々の墓である。短い胸の内での合掌《がっしょう》だった。

彼はそこから墓地の奥に向かって四半町ばかり行って右に折れた所にある墓前で立ち止まった。芳原家の墓より多少大きめで、**直参旗本家先祖代々之霊**と墓碑に彫られている。**直参**の文字が他よりひと回り大きい。**直参**であることを余程誇りとしているのであろう。家名は彫られていない。

竜之助は残りの山吹の花を家名の無い墓前に供《そな》えると、今度は合掌した。立ったまま。

やや長めの合掌を解いた彼は、浮雲の一つも見られない青青とした空を仰《あお》いで浅い溜息を吐いた。

月影にわが身を変ふるものならばつれなき人もあはれとや見む

呟《つぶや》くように歌を漏《も》らすと、竜之助は家名の無い墓前から離れた。

この墓は、竜之助がさきほど山吹の花を貰《もら》った、老爺六平が奉公する小旗本加賀野家の墓だった。竜之助はわが家の墓に参ったあと、必ずと言ってよいほど加賀野家の墓前まで足を運んだ。

なぜなのか?……それは**月影にわが身を変ふる**……という切《せつ》ない歌と共に、やがて判ってくる。

竜之助は、次第に老いを深めてゆく身であろうとも、己《おの》れの剣には絶対の自信を抱いていた。

しかし彼は、これまでに真剣でやり合ったことは、一度もない。招かれた幕僚屋敷における江戸剣客懇親試合でも、大名家屋敷における御前試合でも、殆《ほとん》ど負けを知らなかったが、全て木刀による立ち合いだった。

とは言え、秀《すぐ》れた剣客同士の木刀による立ち合いは、真剣勝負に等しい。敗者は命に関わる場合、あるいは五体のどこかに不自由を残す場合が少なくない。

加賀野家の墓に背を向けた竜之助が墓地の出入口の方へほんの七、八間ばかり引き返した時であった。

彼の歩みが不意に止まった。今流に言えば、まるで電気にでも打たれたようにして止まった、というところであろうか。

竜之助は振り返った。耳をすましている顔つきだった。

甲高《かんだか》い女の悲鳴が耳に飛び込んできたような気がしたのだ。はっきりではない。微かにだった。

彼の表情が激しく動いた。聞き間違いなどではなかった。再び聞こえた。

脱兎《だつと》の如《ごと》く竜之助は踵《きびす》を返し、墓地の奥に向かって走り出した。

美しい老いの銀髪には似合わぬ、放たれた矢のような走りだった。鍛《きた》え抜かれた剣客の走りだ。それに明らかに悲鳴が生じた方角を、的確に捉《とら》えた走り様《よう》であった。

途中、左右に折れた三本の通りを折れることなく中央の道を走り抜けた竜之助は、間もなく現われた東へ斜めに伸びた枝道《しどう》へ風の如く突っ込んだ。

少し先の墓所の陰で仰向《あおむ》けに倒れ、万歳状態にある白い細腕が覗いていた。その白い両の腕を、毛尨《けむく》じゃらな太い腕が押さえ込んでいる。

「いや……やめて」

「静かにせい。殺されたいか」

汚れた男の濁声《だみごえ》と、悲痛な女の叫び声の中へ、

「神聖な墓所で何をしておるか」

と、野太い竜之助の声が乗り込んだ。

突如現われた竜之助に、女を押さえ込んでいた二十七、八くらいの浅黒く日焼けした乱れ髪の浪人が驚き慌てて飛び下がり、だが、その突然現われた声の

主《ぬし》が、白髪《はくはつ》が銀糸のように美しい老士《ろうし》だと判ると、ニヤリと笑って後ろを振り返った。

そこには、長めの爪楊枝《つまようじ》を口にくわえた仲間らしい浪人——三十半ばくらいに見える——がもう一人、松の木にもたれていた。

その爪楊枝浪人と目を合わせた竜之助は、思わず背すじに悪寒《おかん》を覚えた。

（此奴《こやつ》……相当に使える）

と、彼は思った。これ迄に幾度となく幕僚屋敷や大名家屋敷での懇親試合や御前試合を経験してきた竜之助は、いつの間《ま》にか相手の目を見ただけで実力の程度が判るようになっていた。これぞまさに**年《とし》の功《こう》**でもあった。

倒され、あられもない姿になりかけていた女が、「お助け下さい」と這《は》うようにして竜之助の背後へ回り込んだ。

「ここは私に任せて行きなさい」

竜之助が静かな口調で告げると、乱れた胸元を合わせながら立ち上がった女は、よろめくようにして駈け出した。

「ヒヒヒ……へなちょこ侍さんが、ここは私に任せなさい、だとよ」

浅黒く日焼けした乱れ髪の浪人が、鼻先で笑って竜之助との間を詰めた。継《つ》ぎ接《は》ぎだらけの着物は汚れ、プンとした臭いが竜之助の鼻を打った。

余りの臭さに、竜之助は一歩下がって言った。

「ここは死者の安らぎの場ではないか。お主《ぬし》らは何用あってこの墓地へ参られた」

「何用あって参られた、だと？……人すくないこのだだっ広い墓地に女の甘い化粧の香りを求めてやってきたのでございますよ。上品なお侍様」

日焼けした浪人はそう言って、さもおかしそうにケケケッと喉《のど》を鳴らし肩を波打たせた。

が、松の木にもたれている爪楊枝浪人は、竜之助の存在に飽《あ》きたかのように笑わず空を熟《じ》っと仰《あお》ぎ見ていた。

「では、お前たちを今日見逃せば、再び同じことを繰り返すという訳ですな」

「勿論《もちろん》、そういう訳でございますよ、はい」

そう返して日焼け浪人が大口を開けて笑いかけたとき、竜之助の手元で日の光が下から上へと一瞬やわらかく走った。

三

日焼浪人は何が生じたのか判らなかった。判ったのは目の前が一瞬まぶしく光ったことだけだった。自分と向き合っている相手の大小刀とも鞘《さや》に納まっているし、その表情にもとくべつな変化はない。

だが日焼浪人は、自分の目の前に空から蝶《ちよう》のようなものがひらひらと降ってきて地面に落ちたのを見て「わあっ」と叫び飛び退がった。右の耳に、いや、右の耳があったところに激痛を覚えたのは、それと殆ど同時だ。

竜之助の得意業《とくいわざ》の一つ居合抜刀《ばっとう》が、始まって終わった瞬間である。

「い、痛え……」

日焼浪人は噴き出す血を掌《て》で抑《おさ》えながら、松の木の浪人のところまで下がり蹲《うずくま》った。

松の木にもたれて空を熟《じ》っと仰いでいた爪楊枝浪人が、それをペッと吹き飛ばすや、松の木から離れて竜之助と再び目を合わせた。

(間違いない。此奴は凄い……)

竜之助は確信的に、そう思った。

爪楊枝浪人がゆっくりと竜之助との間を、二歩、三歩と詰め出した。

相手の歩幅に合わせるようにして、竜之助が二歩、三歩と下がる。べつに恐れて下がっている訳ではなかった。間近い位置に大きめな墓碑が何基《なんき》も立ち並んでいたから、万が一に備えたのだった。双方が振り回すことになるかも知れない刃《やいば》が、墓碑を傷つけるようなことになってはならぬ、と。

そして竜之助の足が、爪楊枝浪人よりも先に止まった。

「斬れ、澤野《さわの》……其奴《そやつ》を斬り刻んでくれ」

噴き出す血を止めようと傷口を押さえた掌《てのひら》を真っ赤に染めながら、浅黒い日焼浪人が金切《かなき》り声を張り上げた。

「うるさいぞ。すこし黙っとれ」

と、澤野とかの爪楊枝浪人が返す。しかし、竜之助に注ぐ視線は外さなかった。陰険そうな目つきだ。

「仕方がないか……」

と呟いて、竜之助の眦《まなじり》が漸《ようや》く吊《つ》り上がった。

「仕方がないか？……一体何の事だ」

相手が動きを止め、左の手で大刀の鞘を少しばかり迫《せ》り上《あ》げながら、怪訝《けげん》な目つきで竜之助を見た。

「お前様たちのような下劣なクズ野郎を野放しにしておくと、いつまた力ない者に対し牙《きば》を剝《む》くかも知れませんのでな」

「だから？」

「斬ります」

「白髪頭《しらがあたま》の老侍《ろうざむらい》のお前が、この儂《わし》をか？……無理だ。それは無理」

ワハハハッと爪楊枝浪人澤野とかが大口をあけて笑った。腹の底から面白《おもしろ》そうだった。

それを見て竜之助の右足が——正確に言えば履《は》いている雪駄《せった》の裏が——地面を叩いた。

ダンッという意外なほど大きな音。まるで板床を打ち叩いたような。

大口をあけて笑っていた相手が、撥条《ばね》仕掛けのように一間《けん》近くをひらりと飛び退《さ》がりざま閃光《せんこう》の如く抜刀した。既に狂暴な獣の目つきになっている。

（神聖なる墓前で申し訳ないが……）

竜之助は墓地を血で汚すことになるのを天の御霊《みたま》に心中で詫《わ》びながら、サリサリサリと微かに鞘を鳴らし、およそ二尺三寸三分の大刀**出羽大掾藤原来國路**《でわのだいじょうふじわらのらいくにみち》を抜き放った。芳原家に古くから伝わる名刀だ。

相手が大上段に構えたとき、まるでそれを待っていたかのように、仲間の日焼浪人が掌で傷口を抑えながら脱兎《だっと》の如く走り出した。

竜之助の左手が、右手で大刀を支えた状態のまま、目にもとまらぬ速さで脇差《わきざし》を抜き放って投げつけた。

明るい日差しのなか光の尾を引いて飛んだ脇差は、仲間を置いて逃げ出そうとする其奴の脹《ふく》ら脛《はぎ》に深深と刺さり、切っ先は臑《すね》を突《つ》き貫《ぬ》けた。

「わっ」

と短い悲鳴をあげて其奴が地面に這《は》い蹲《つくば》る。

その寸陰に生じた竜之助の小さなスキを狙って、澤野が激しく地を蹴り飛燕《ひえん》の速業《はやわざ》で斬り込んだ。

「死ね皺侍《しわざむらい》」

双方の刃が十文字に激突して、甲高い音を立てた。日差しの中、青白い火花が散る。

澤野は全く下がらなかった。老いた竜之助を圧倒する激烈な速さで、面、面と続け、竜之助が柳の小枝のようにやわらかく耐えると次に胴、胴と休まない。

剛《ごう》と速さの攻めであった。袖《そで》から露《あらわ》になった澤野の太い両腕は一体どう鍛えたのか、まるで巨木の根だ。

「おのれ、こしゃくな皺侍《しわざむらい》」

打っても攻めても竜之助が懸命に耐え続けるので、澤野は悪口《あっこう》を吐きざま激しく飛び下がって右下段に構え直した。

右下から左上へと跳ね上げるように襲ってくる、と読んだ竜之助は、相手を見習って俊敏《しゅんびん》に下がった。蝶が舞うような優《やさ》しく軽い下がりようだった。これが竜之助なのだ。決して剛の剣客ではなかった。

相手の顔に漸く「くそっ」という焦りの色が広がった。

それを竜之助は見逃さなかった。

やはり澤野は右下から左上へと跳ね上げる計算であったのだろう。竜之助の右足が、左足の真後ろに並ぶかのようにそろりと下がり、それに従って右の肩も自然と半弧を描くかたちで右後ろへ。ただ顔は真っ直ぐ相手に向け、しかも刃は青空を突くかのような大上段構えであった。けれども凄みは全くない。むしろ美しい大上段構えだった。

「一刀流奥伝……**月影**《つきかげ》」

呟く澤野の表情が歪《ゆが》んだ。迫力なき老剣士、と見た相手の身構えが、大地に根を張った直立不動の**一本の大木**にしか見えぬことに、澤野は思わず生唾《なまつば》をのみ込んだ。枝葉の全てを剝《そ》ぎ落とした幹一本だけの巨木。その凄みのない流麗な相手の**月影**の構えに、澤野の背にたちまち熱い汗が噴き出していた。それは、彼にとって予想外の事であった。長い無頼生活の中で、真剣を手に幾多の争いを経験してきたが、負けたことがない。

その予想外の背中の熱い汗を必死で忿怒《ふんぬ》と化し、「やあっ」と、裂帛《れっぱく》の気合いを澤野は放った。

ギラリと日の光を反射した凶刃《きょうじん》が、唸りを発して竜之助の腋《わき》を狙い撃った。まさに**剛**の攻め。

竜之助が上体だけを柳の枝の如くやわらかく捻《ひね》った。足元も大上段構えも全く動かない。上体だけが動いた。小鳥が舞うように。

腋をはずされ宙に走った凶刃が、竜之助の頭上で反転し、大上段構えにある彼の両手首へ走る。ヒヨッと空気が鳴った。

竜之助の両手首が切断され、名刀出羽大掾藤原来國路もろとも血しぶきを撒《ま》き散らし高高と舞い上がった。

それがくるくると円を描いてドサリと地面に音立てて落下したとき、その落下した物を見た澤野が「え?」という表情を見せ、次に「ぎゃあっ」と叫んで転倒した。

月影にわが身を変ふるものならばつれなき人もあはれとや見む

空を仰ぎなんとも悲し気に声低く呟いて溜息を吐き、パチンと鞘を鳴らしたのは竜之助だった。肩の付け根から右腕を失った澤野は、呻《うめ》き騒いで地面を転げまわった挙げ句、仲間の日焼浪人――やはりウンウン呻いている――にぶつかって、まるで蛭《ひる》のようにしがみついた。

「院主様に謝らねば……」

力なく漏らした竜之助は、脹《ふく》ら脛《はぎ》に深深と食い込んだ脇差を抜こうともせず、ただ醜《みにく》く呻きまくっている日焼浪人に近付いていった。

そして自分の脇差の柄《つか》に手をやると、力を込めてぐいっと二度捻《ひね》り回《まわ》して、思い切り引き抜いた。ぶあっと噴き上がる鮮血。

「わあああっ」

己れの欲望のまま汚れた〝獣力《じゆうりよく》〟で、か弱い女性《おなご》に襲い掛かった男の、それが絶望的な最期《さいご》の悲鳴だった。

四

竜之助が暗い表情で墓地の出入口まで戻ってみると、人ふたりが不安気《げ》に立っていた。

一人は幸山院の院主《いんじゆ》(住職)照念《しようねん》和尚《おしよう》……どこか竜之助に似た、やさしい面《おも》立《だ》ちの小柄な老僧だ。七十を超えているかに窺える。

もう一人は、竜之助が救った先程の女性だった。

その女性を救ったとき竜之助は、〝獣〟に対し意識を集中させていたので、彼女の姿形《すがたかたち》をよく見ていなかった。
二十三、四かと思えるその女性と彼はいま間近に顔を合わせ、（アッ……）と動揺した。しかし、その動揺を懸命に抑えて、竜之助は照念和尚に深く頭を下げた。が、このとき女性はふっと動いていた。竜之助の動揺に気付いたのか？
「申し訳ありません。幸山院の神聖なる墓地を、〝獣〟の血で汚してしまいました。お許し下され院主様」

「顔に返り血を浴びておられるが芳原竜之助《よしはらたつのすけ》先生。著名な大道場の主人《あるじ》としての大事なお体は、大丈夫でございましたかな」

顔を曇《くも》らせて問う照念和尚に、顔を上げ竜之助は首を小さく横に振った。

「私は大丈夫でございますが、〝一頭の醜い獣〟にかなりの深手を負わせました。墓地でいま血まみれで転げ回っております」

「芳原先生が御無事なら、それで宜しいのじゃ。手水《ちょうず》で顔を清め、あとはこの私に任せておきなさるがよい」

「そう言って戴《いただ》けますと、肩の荷を下ろしたような気分になります」

「詳細の大凡《おおよそ》については此処《ここ》に控えていなさる老舗《しにせ》の**茶問屋**『**山城屋**《やましろや》』の若女将《おかみ》……いやお内儀《ないぎ》雪乃《ゆきの》さんより伺ったので、すぐさま小僧二人を寺社奉行所と町奉行所へ走らせました。あとの事は案じなさるな」

院主**照念**和尚がそう言うと、少し後ろに控えていた雪乃が前に進み出て、丁寧《ていねい》に腰を折った。既に髪や身繕《みづくろ》いは一点の乱れもなく調《ととの》え了《お》えてはいるが、襲われた恐怖は身の内から消えていないのだろう。顔の色はまだ真っ青だ。

「有り難うございました。おかげ様で危ういところを助かりました。芳原竜之助先生の御高名はかねがね伺ってございます」

雪乃はそう言ったが、か細い声にもまだ怯《おび》えがあった。

「茶問屋の『山城屋』さんなら私の道場がある日暮坂から近い、市谷梅町《いちがやうめまち》通りでしたね。確か別棟《べつむね》の菓子・ぜんざいの店が大変な人気とか。手水《ちょうず》で顔を清めてから、お送り致しましょう」

竜之助が言うと、照念和尚は頷《うなず》いて、「それが宜しい雪乃さん。この江戸も浪人が増えてすっかり物騒になってしまった。芳原先生に送って貰いなされ」

言葉強く言い、もう一度頷いてみせた。

その和尚に向かって竜之助は、念を押すような口調で告げた。

「深手を負って呻いている浪人二人ですが院主様。もはや刀を振り回す力は残っていないと思いますが、近付く時は一応ご用心なさって下さい」

「奉行所の役人が来てから近付くのがいいじゃろう。それまでは、体格のよい若い修行僧も幾人か幸山院にはいることゆえ、皆で遠目に監視することにしましょう」

「はい。そうなさって下さい。それでは雪乃さん、お送りします」

穏やかな口調で竜之助は雪乃を促《うなが》し、和尚に丁重《ていちょう》に一礼してから歩き出した。

入れ替わるようにして、数人の若い僧たちが息急《せ》き切って和尚のもとに駆けつけた。なるほど皆、大柄だった。

竜之助は安心して、雪乃をしたがえ歩みをいくらか速めた。

「雪乃さんは、今日はどなたかの墓へお参りに？」

半歩ばかり遅れてしたがっている雪乃に、竜之助はまっすぐ前を向いたまま訊《たず》ねた。

「左様でございます。幸山院は『山城屋』の菩提寺《ぼだいじ》でして、今日は同じ月に亡くなりました両親の祥月命日《しょうつきめいにち》でございまして……」

「そうでしたか。両親、と仰ったが実《じつ》の？」

「はい。私は『山城屋』のひとり娘でして、商いの方はもと三番番頭で『山城屋』へ婿《むこ》入りしてくれた私の夫が継いでくれております」

「なるほど、それなら商いの方は盤石《ばんじゃく》この上もありませぬな」

「幸い商いに長《た》けた大番頭や二番番頭も老齢ですが健在ですし、御蔭様《おかげさま》で順調以上に繁盛《はんじょう》させて戴いています。有り難いことだと思ってございます」

「なによりですな」

「いずれ、改めまして父親代わりの大番頭と共に、お礼に道場の方へ、おうかがい致します」

「なに、礼などはいりませせぬよ」

「それから、あのう、芳原先生……」

三門を出たところで、雪乃が歩みを休めた。

「ん？……どうなされた」

竜之助も立ち止まり、僅《わず》かに左の肩を振って半歩下がっていた雪乃と顔を合わせた。

人妻雪乃は、またしても剣客として知られた相手の目に動揺の色がチラリと走ったのを認めた。

「御高名な先生に、言葉を飾らず無作法なことをお訊ね致します非礼をお許し下さいますでしょうか」

「ほう……何でしょう。構いませぬ、遠慮なく申してみなさい」

「先生はもしや、私のことを御存じだったのではございませぬか」

「えっ」

「さきほど墓地の出入口にて先生とはじめてお会い致しましたとき、先生は私の顔を見て明らかにハッとなさいました」

「こ、これは恐れ入った。いや、初対面です。……大店《おおだな》のお内儀に相応《ふさわ》しくない剣客のように鋭い感性をお持ちだな。ひとの顔色を読みなさるとは」

そう言って竜之助は口元で微かに笑った。しかしこの瞬間、竜之助の脳裏にはある女性《ひと》の面影が甦《よみがえ》っていた。

(なんだか、とてもお寂《さみ》しそう……)

雪乃は竜之助の消え入りそうな笑みを、人妻となって久しい二十四歳の円熟した女の情感《じようかん》でそう捉えた。

彼女の父親の**喜重次郎**《きえじろう》は、商《あきな》い仕事《しごと》だけが趣味《しゆみ》であるような、真面目《まじめ》で誠実な人柄だった。ゆえに取引先の信頼は厚く、大名や大身《たいしん》旗本家への出入りも少なくなかった。

母親の雪絵《ゆきえ》も多忙な夫をよく支える妻であったが、茶道、書道をよくやり同業の夫人たちの間で評判がよかった。

その両親も、今はない雪乃だ。もと三番番頭で婿養子の夫は、**二代目**喜重次《きえじ》郎《ろう》として、**初代**喜重次郎をこえる仕事熱心だった。酒も呑《の》まない。

雪乃と夫との間に、子はまだなかった。

「大変失礼なことをお訊《き》きしてしまいました……申し訳ございません」

と、彼女は竜之助に詫び、

「若《も》しや過去に何処かでお会いしたことがあるのでは、と思ってしまったものですから」

と、付け加えて控えめにそっと頭を下げた。大店の円熟した内儀らしい自然な美しい作法だった。

「謝ることはありません。勘違いというのは、誰にでもあることです……顔色が少し良くなりましたね。さ、行きましょう」

竜之助はすっかり親しくなった口調で促すと、ゆっくりと歩き出した。

五

書院番頭四千石の大身旗本**笠原加賀守房則**《かさはらかがのかみふさのり》の姫舞（十九歳）は、清流**大堰川**《おおいがわ》に沿った道を日暮坂の芳原一刀流道場へと奥付の女中と共に向かっていた。二天一流兵法を極める父より、早くから小太刀剣法を教えられてきた舞は、すでに目録の域に達し、小太刀業《わざ》では父の房則からさえも五本のうち四本は確実にとる。

それほどの域に達しているにもかかわらず、舞はなぜ日暮坂の一刀流道場へ通うのか？　それは女《おなご》の腕には重すぎるとも言える鍛造《たんぞう》すぐれた長い大刀を手にして、男の皆伝《かいでん》級剣士と互角に渡り合いたい、という野心を抱き始めたからだ。いや、抱き始めた、ではなく、抱いている、と改めるのが正しいだろう。

舞の母藤江《ふじえ》ははじめのうち、娘が剣術に余り強くなることに賛成していなかった。

だが武官である父房則は、「これからの女《おなご》は自分の身は自分で護《まも》るという意識を持たねば駄目じゃ」と、藤江の心配に全く取り合わなかった。

舞が日暮坂一刀流道場へ必ず奥付の女中と共に通うのは、月の内に七、八回である。書道にいそしみ、茶道、歌道にも打ち込んで、学問も疎《おろそ》かには出来ぬ身だから大変に忙しい。母藤江も書道、茶道、歌道にすぐれる女《ひと》であったから、舞の感性が何事についても輝いていると判ってきたので、最近は剣術に打ち込むことを心配しなくなってきた。

人の往き来で賑《にぎ》わう通りを行く舞を、すれ違う男たちは思わず「お……」と振り返る。一刀流道場へ通うときの舞は、四千石大身旗本家の未婚の姫にふさわしい髪型——舞風の元禄島田《げんろくしまだ》に近いもの——を結《ゆ》い、白綸子《りんず》地に四季の草花を散らし染めた、付下げ小紋を上品に着こなしていた。胸帯には長めの懐剣《かいけん》——小さな鍔《つば》付の——が目立たぬよう差し通されている。その胸下で抱えている大きくはない包みは道着だ。

道場へ通う舞に従っている奥付女中は、その名を与志《よし》といって、稽古を了《お》えた舞の着付けや、乱れた髪の直しを手伝う。

「与志や、今日は帰りに**市谷梅町《いちがやうめまち》通り**の『山城屋』別棟の、ぜんざいでも楽しみましょうか」

舞が前を向いたまま言った。

「はい。喜んでお供させて戴きます。『山城屋』さんへは久し振りでございますね」

「激しい稽古のあとは、気のせいか特に甘いものを求めたくなります」

「私は甘いものが大好きでございます」

「与志は剣道をしないから、甘いものを食べ過ぎると太りますよ」

「ふふっ……注意します」

「あら?……与志や、あの人だかりは何でしょうね」

「ほんと。よく育った川岸の糸柳《いとやなぎ》を取り囲むようにして、大勢の人が集まっておりますこと」

「ちょっと見てみましょうか」

「はい、お嬢様……」

二人は清流**大堰川**に沿った道を、川岸に立っている大きな糸柳へと近付いていった。

糸柳とは俗称で正しくは枝垂柳《しだれやなぎ》と言い、奈良時代のほんの少し前に日本の外《そと》から伝わってきた落葉高木で、地が良ければ二十五メートル以上にも伸びる。

しかし川岸に並木として用いた場合は、うまく剪定《せんてい》などしてそこまでは伸ばさない。

『……不気味な朧月《おぼろづき》が霞《かす》む湿った薄明りのもとびっしりと垂《た》れ繁《しげ》った柳の枝

を背負《せお》うようにしてあらわれた血まみれの白い寝着の人妻お悠《ゆう》の真っ青な顔はうらめし気《げ》で……こちらへおいでおいでと』などという怪談江戸物語に出てくる柳は、たいていこの糸柳（枝垂柳）である。

舞と与志は三、四十人が柳を囲むようにして集まっている中へ、すき間《ま》を見つけ控えめにうまく体を滑らせ前に出た。

一人の男が舞と与志に背中を向けるかたちで腰を下ろし、柳と向き合っていた。

両膝に支えられるようにして置いた大きめな画版の上に画紙を広げ、墨絵《すみえ》ではなく彩色画を描いている。

明るい日差しの中、充分以上に芽吹いたあざやかな浅緑色の柳の枝枝が、なんと画紙の上でそよ風に吹かれ揺れていた。

男の背中の向こうにある画紙は、端の方しか窺えない舞と与志であったが、それでも柳の枝が画紙の中で揺れているのを二人ははっきりと〝目撃〟した。

驚いて二人は思わず顔を見合わせた。

（いま、動いたわね）

（はい、動きました）

主従は目で囁《ささや》き合い、頷き合った。こうなると、せめて男の横顔ぐらいは確かめたくなってくる。

人の輪は絵筆を持つ男の邪魔にならぬようにか、申し合わせたように、あるいは近付き過ぎるのは恐れ多いといった雰囲気で、一間《けん》以上も空けていた。しかも皆、固唾《かたず》をのんだように静かだ。

舞は人の輪の邪魔にならぬようにと考えてだろう、与志の袖口を軽く下へ引きながら腰を下げると、目立たぬ動きでそっと左へ回り出した。

画紙の全体が、次第に舞と与志の視野に入り始めた。いや、画紙だけではなかった。絵筆をとっている男の端整《たんせい》な横顔も、その彼の視線が注意深く何に注がれているかも、舞と与志には理解できた。それは予期せざる〝驚きの〟理解だった。

まわりの人の輪と同じように、舞も与志も固唾をのみ、呼吸《いき》を抑《おさ》えた。

絵筆をとる男の視線の先にいたのは、亀の親子だった。子亀は親亀の背に微《ほほ》笑《え》ましくしがみついていた。しかも親子そろって首をのばし熟《じ》っと、絵筆の男を見上げている。双方、目を合わせていたのだ。

画紙の中では、親子亀も柳も殆ど完成していた。その精緻《せいち》な余りの美しさに、舞と与志は自分の存在を忘れた。それ程の感動だった。かつて味わったことのない烈しい感動だった。

絵筆の男が、画紙の親子亀に筆の先で軽くちょんと目を入れた。〝完璧《かんぺき》な〟完成となった。

男は絵筆を置いた。そして眩《まぶ》しそうに空を仰いだ。

この時だった。舞と与志は再び〝目撃〟した。間違いなく〝目撃〟した。

そして、人の輪もどよめいた。

画紙の中で、子亀を背負ったままの親亀が、甲羅《こうら》の中へいきなり首を引っ込めたのだ。

確かに引っ込めた。つまり絵が動いた！

舞は人の輪のどよめきの中に、

「さすがに宗次《そうじ》先生の絵だ。親亀の首が動いたぜ。凄いや……」

「やはり天下一よねえ。宗次先生の絵は……」

などと男女の囁きを捉えた。

（えっ。この御方《おかた》が京の御所様（天皇・上皇）からお声が掛かったという、あの高名な浮世絵師の宗次先生？）

ずきんと胸に疼《うず》くものを覚えて、舞の視線は宗次の整った横顔に釘付《くぎづ》けとなった。

これが二天一流の小太刀剣法に秀《すぐ》れる大身旗本家の姫舞と、浮世絵師宗次のはじめての『間近な出会い』だった。そう、はじめての『間近な出会い』、ということを強調しておかなければならない。

この時の舞はまだ二つのことに気付いていなかった。小太刀を手に取れば父の笠原加賀守さえも圧倒する自分が、激しく浮世絵師宗次に惹《ひ》きつけられてゆくことを。そして、その宗次先生が、道場の格子窓から覗《のぞ》き検《み》していた〝町人態《てい》〟と同じ人物であったということを。

六

一刀流日暮坂道場の月に二日の『教養の休日』の日が訪れた。この二日間は稽古は休みであったが、門人たちは芳原竜之助頼宗より『**剣士としての教養を高めるには**』という課題（宿題）を与えられていた。その課題についての具体的目標は一人一人に対し与えられている訳ではない。『剣士としての教養を高めるには』そのものが門人たちに与えられた共通の課題、つまり休日のたび与えられる宿題だった。この課題はここ一年半の間変わっていない。それほど竜之助は『剣士の教養』というものを、重視していた。

その課題への回答が、稽古に表われているかどうかで竜之助は評価する。

「さてと……」

居間で書物に目を通していた竜之助はそれを静かに閉じて、腰を上げた。

書物に集中していた時は聞こえなかった金槌《かなづち》の音が、聞こえてきた。

馴染《なじ》みの大工吾吉《ごきち》が、今朝の早くから台所の傷《いた》んだところを修繕してくれていた。

竜之助は広縁から踏み石の上に下りると、目の前に広がっている青青とした畑に向かって「雨助《あますけ》や……」と声を掛けた。

百姓で通いの下働きをしてくれている老爺が「へえ……」と、引き抜いた牛蒡《ごぼう》と一緒に立ち上がった。

「二刻ばかり鮒《ふな》釣りを楽しんでくるよ。どっさりと釣ってくるぞ」

「ではいま竿《さお》とミミズの用意を致しますで」

「いや、自分でやるよ。サエ（雨助の女房）と共に楽しみに待っていてくれ」

「じゃあ、あれ（女房）がまた得意の甘辛の煮つけをつくりますじゃろ」

「うん、鮒の甘辛の煮つけは酒のつまみに、たまらなく合うからな」

「いつもの**蛍ヶ池**《ほたるがいけ》でございますね」

「そうだ……」

「お気を付けなさいまして」

にっこりとした雨助の老いた笑顔が、丁寧に一礼をしてまた畑の中に沈んだ。朝の早くから日暮近くまで、よく働いてくれる雨助だった。自分の家の百姓仕事があるので通ってくれるのは夫婦共に一日置きだ。しかし、確《しつか》り者の長男夫婦が既に百姓仕事を引き継いでくれており、二十歳《はたち》に近付いてきた孫たちもよく手伝っているから、雨助もサエも今では楽をしていた。だから時には、竜之助と三人酒を楽しんで夜更かしすることがあると、老夫婦は道場の接見室に泊まったりする。

竜之助と雨助・サエは、お互いの年を知らないし、知ろうともしなかった。だいたい同い年くらいであろうと想像し、気軽に付き合っているのだ。堅苦しい主従の意識は極めて薄い。だからこそであろう。雨助・サエは竜之助に対する礼儀をわきまえ、かえってよく尽くしている。ただ、人柄やさしい竜之助は若い頃から剣道で肉体を鍛《きた》えている。細身《ほそみ》ではあるが、骨格は確《しつか》りとしていた。そのぶん当然、雨助・サエよりは若く見えるし凜《りん》とした印象だ。

竜之助は釣りの道具を手に、明る過ぎる秋の日差しの中を、蛍ヶ池《ほたるがいけ》へと足を向けた。

彼は四つ辻まで来て立ち止まり、左手方向を見た。

彼方の正面に芳原家の菩提寺、輪済宗幸山院が見えていた。三門の手前左手角に見えている敷地が山吹の生垣に囲まれた小屋敷、二百俵取り旗本**加賀野**家である。

小禄旗本家の拝領敷地は、狭くて三百坪前後、広くて五百坪前後と幅があるのが普通だが、二百俵取り加賀野家は狭い方に入っていた。それに敷地も真四角ではなく矩形《くけい》だ。

竜之助は人の往き来の多いなか、彼方の幸山院に向けてさり気なく頭を下げると、そのまま真っ直ぐに進み、細い横道一本を過ぎて次の角を左へと曲がった。

ゆるやかな坂道の大通りだった。市谷梅町通り《いちがやうめまちどお》である。

通りの左右にはさまざまな大店《おおだな》が並んでおり、どの店も通りに面した三坪ばかりの店庭《たなにわ》に梅を一本植えていた。大店組合《おおだなくみあい》の申し合わせで「通りの名にふさわしく美しくしましょう」となり、それで各店に店庭《たなにわ》が設けられ梅が植わっているのであった。つまり梅町通りの名の方が古いのである。

竜之助は賑わっているゆるやかな明るい坂道をゆったりと進んだ。梅の花が開く早春（二、三月頃）この通りは馥郁《ふくいく》たる香りにつつまれ、往き交《か》う人人の顔に笑みが広がる。

竜之助は、ゆるやかな坂道の頂《いただき》——少し大袈裟《おおげさ》な表現を用いれば——で立ち止まった。

ここから梅町通りはやや勾配《こうばい》を急にして、彼方の梅町神社の森に向けて下りてゆく。

方角からして、輪済宗幸山院の墓地を囲む広大な林に隣接するかたちで、梅町神社はある。

竜之助は、坂道の頂に立ち止まって動かぬ自分に、思わず苦笑した。

理由は判っていた。今の自分の直《す》ぐ右手に、老舗の**茶問屋『山城屋』**と、直営の菓子・ぜんざいの店が間口をこちらに向け並んで建っているのだ。

(それにしても似ていた。過ぎたる昔が不意に目の前に甦《よみがえ》ったように……うり二つという訳では決してないのだが……似ていたな。うん……内儀のそよとしたところなどがな)

竜之助は胸の内で呟いてひとり頷き、漸く下り坂を歩み出した。脳裏《のうり》に浮かんでなかなか消えようとしないのは『山城屋』の内儀《ないぎ》雪乃の顔だった。円熟の年頃の上品な顔立ちだ。控えめな妖しさもあった。

その内儀が客らしい、年老いた女二人を見送るためであろう、にこやかに店前に現われた。

何やら言いながら頭を下げた年老いた女二人を相手に、雪乃もしとやかに腰を折っている。

そうとは気付かずにゆるやかな下り坂を、のんびりとした足運びで下る竜之助の脳裏が、やっと雪乃の顔から蛍ヶ池《ほたるがいけ》の光景に入れ替わった。

この池をのんびりとした気分で訪ねるのが、竜之助の大きな楽しみの一つだった。大道場の主人《あるじ》として日頃の緊張が緩み、心が安らぐのである。その池までは、間《ま》もなくだ。

池底から滾滾《こんこん》と清水が湧き出ている池だった。透《す》き通《とお》った池水《ちすい》というほどの水質ではなかったから、それがかえって幸いして鮒も鯉《こい》も泥鰌《どじょう》も棲《す》んでいる。

竜之助が下りていく方角とは逆の方へ客の見送りを済ませた雪乃が、店に入ろうとしてふっと動きを止めた。

「あの後ろ姿は……」

と呟いた雪乃の視線は、ゆっくりと離れていく竜之助の背中を捉えていた。

彼女は店前を竹箒《たけぼうき》で掃《は》き清めていた小僧に何事かを告げると、離れてゆく竜之助の後を足早に追い始めた。内儀から何やら告げられた小僧の方は竹箒を手にしたまま小慌《こあわ》ての様子で、店に飛び込んだ。

竜之助は六十に近付きつつある細身な体格の人間とはいえ、厳しい修行に耐えてきた江戸市中では知られた剣客だ。若い頃から**日暮坂の小天狗**と称されるほど、剣の達者だった。その竜之助が、後ろから次第に近付いてくる急ぎ足の気配に気付かぬ筈《はず》はない。

竜之助は我が鼓動《こどう》の一瞬の高まりにとまどうことなく、振り向いた。振り向く寸前には、表情をやさしく和《やわ》らげる配慮を忘れなかった。

「もし、芳原竜之助《よしはらたつのすけ》先生……」

「やあ、雪乃さん……」

二人の言葉が殆ど同時に交差して、たちまち二人の隔《へだ》たりが狭まった。

「直ぐにでも大番頭と共に、道場の方へ御礼に参らねばと思いつつ、大番頭が風邪《かぜ》で床《とこ》につき動けませんでした。無作法お許し下さい」

「礼など御無用。もう、お忘れなさい。それよりも大番頭さんは大丈夫ですか」

「はい、幸《さいわ》い軽い風邪で済みましたので、今朝はいつもの大番頭らしく元気に床上げを致しました」

「それはよかった。風邪はこじらせると、まずいですからね」

「先生、これから釣りに参られるのでございますか?」

「はい。蛍ヶ池の**東池**の方へ……今日は月に二日ある道場の休日なもので」

「まあ、蛍ヶ池とは素敵《すてき》でございますこと。**西池**の周辺ではそろそろ自然の野《の》**牡丹**《ぼたん》が色とりどりの花を咲かせる頃でございましょう」

「仰《おつしや》る通りです。その西池の野**牡丹**《のぼたん》を横目で眺めながらのんびりと釣り糸を垂れたくなりましてね」

と、竜之助は目を細めた。胸がどうしようもなく熱くなり出していた。いささかの息苦しささえ覚えた。忘れることが出来ぬあの女性《ひと》と矢張り似ている、そう思った。

雪乃が店の方を振り返った。頃合《ころあい》を計って、とも取れる振り向き様《よう》だった。竜之助の視線も、雪乃の視線のあとを追った。

店前に身形《みなり》のきちんとした若くはない男二人が立っていた。竜之助と視線が合ったと判断したのであろう、番頭格の他には見えぬ二人が丁重に深深と腰を折った。

竜之助も軽く頭を下げた。

「大番頭の新左衛門《しんざえもん》と二番番頭の時三郎《ときさぶろう》です。先生、四半刻ほどで結構でございます。店にお立ち寄り戴けませんでしょうか。店の事実上の責任者でもある大番頭と二番番頭がきちんと先生に御礼を申し上げなければ、と大変気にしておりますので」

「いやいや。御礼などは忘れて下さい。日頃多忙な私にとって、今日は月に二度しかない自由の日。野牡丹《のぼたん》の中でひとりのんびりと釣り糸を垂れさせて下され……では」

竜之助はそう言うと踵《きびす》を返して歩き出したが、五、六歩と行かぬ所で歩みを止め振り向いた。

「雪乃さん……」

「はい」

「多忙を極めている剣客として、**牡丹の花**のような貴女《あなた》と出会えてよかった」

「え……**牡丹の花**？」

「私の前に現われてくれて、本当に有り難う」

「まあ……」

雪乃が怪訝《けげん》な表情になるよりも先に、竜之助は背中を見せ足早に歩き出していた。

「**牡丹の花**のような……」

雪乃は呟いて、次第に遠ざかってゆく竜之助の後ろ姿を、熟《じ》っと目で追った。

奈良時代の天平《てんぴょう》七年（七三五）に唐《とう》から帰国の**吉備真備**《きびのまきび》が在唐中に得た政治・軍事・仏教・文化などにかかわる『文・物・知識』などを朝廷にもたらし、その功績で外従五位下（天平八年）→右京大夫（天平十九年）→正三位・中納言・参議（天平神護《じんご》二年）へと昇進、そして最高位叙任**正二位右大臣兼中衛大将勲二等**の地位まで上《のぼ》り詰めるのだが、**牡丹**はこの吉備真備が帰国の際に持ち帰ったものである。その根皮は牡丹皮《ぼたんぴ》と称されて、古くから解熱鎮痛や消炎に特効ある漢方薬とされてきたことから、江戸時代に入ると次第次第に百数十種にも及ぶ牡丹が栽培されるようになっていった。五月から六月頃にかけて枝の先に差し渡し（直径）が大きいもので七寸近くにもなる白い花、淡紅色《あわべにいろ》の花を咲かせ、植木職人の手で巧みに改良された品種は黄、紫、紅と咲かせてそれはそれは美しい。**菊**や**葵**《あおい》に並ぶ権威ある紋章としての地位をも占めている。

それにしても剣客竜之助は一体なにゆえに、雪乃に向けて「**牡丹の花**のような貴女《あなた》……」と告げたのか？

老いに向かっているというのに若しや、我が年齢《とし》を忘れて人の妻に心を熱くさせたのではあるまいか……。いやいや竜之助はそのように軽薄な剣客ではない。道を踏み外すような人物ではない。

前年　名を題する処《ところ》　今日　牡丹《ぼたん》の花を看《み》に来《きた》る
一たび芸香《うんこう》の吏と作《な》りてより　三たび牡丹の花開《ひら》くを見る
豈《あ》に独《ひと》り花を惜しむに　堪うるのみにあらんや
方《まさ》に老《お》いの暗《あん》に催《もよお》すを知る

何《なん》ぞ況《いわ》んや　花を尋《たず》ぬるの伴《とも》　東都に去って未《いま》だ廻《かえ》らず
詎《なん》すれぞ知らん　紅芳《こうほう》の側《かたわら》　春尽きて想い悠《ゆう》なる哉《かな》

竜之助は視線を真っ直ぐに向けて歩みつつ、ほんの少し悲し気な表情で、大好きな白居易《はくきょい》の詩を低い声であったが滔滔《とうとう》とうたった。

白居易《はくきょい》（白楽天とも）。現在の中国とは似ても似つかない唐《とう》の時代・中頃の山西《さんせい》省《しょう》の大詩人である。叙事《じょじ》的な恋愛詩に鋭敏《えいびん》な才能を発揮して大衆を酔わせ、我が国へは早くから伝わって、とりわけ平安期の文学――枕草子《まくらのそうし》など――に大きな影響を与えた。白居易はまた政庁にも籍を置いた有能な官吏《かんり》としても知られ、官僚の最高位である刑部尚書《ぎょうぶしょうしょ》（法務大臣相当）にまで登りつめている。

七

竜之助は蛍ヶ池に釣り糸を垂れた。池は東池と西池が〝二つ巴状《ともえじょう》〟となってほぼつながっていた。ほぼということは、水の往き来があるつながりではないということである。池の周囲《まわり》に野牡丹《のぼたん》が咲き乱れているのは**西池**の方で、竜之助は**東池**で釣り糸を垂れた。

〝二つ巴 状《ともえじょう》〟にそれぞれが独立している東池、西池ともに蛍ヶ池と呼ばれている。

ただ、夏になって蛍が舞うのは**西池**の方で、東池では見られない。そのかわりと言うか西池では鯉《こい》、鮒、泥鰌などのさかな類は全く獲れないときている。

竜之助は釣り糸を垂れながらも、浮子《うき》へは殆ど注意を払わず、対岸を眺めることに刻《とき》を費やした。はじめからそれが、目的であったかのようにだ。

だから浮子《うき》がピクリと反応を見せてせわしく浮き沈みしても、気に留めなかった。通いの下働きの雨助に対し「……どっさりと釣ってくるぞ」と、言ってしまっているというのに。

彼は対岸の、目に眩しい山吹の生垣を、熟《じ》っと憑《つ》かれたように眺めているのだった。

その黄色く染まった美しい生垣は、旗本二百俵取り**加賀野**家の矩形《くけい》の敷地を囲っているものだった。竜之助が輪済宗幸山院へ墓参りに出掛けた途中で、加賀野家の**下働き六平**から山吹を手渡されたあの位置の、ちょうど反対側つまり西側に当たる。

東池の対岸の畔《ほとり》まで——小道一本を隔《へだ》てて——迫っている加賀野家西側の山吹の生垣を、こうして眺めるのを竜之助は大切にしてきた。たとえ山吹の花が咲かない季節であっても。

〝二つ巴状《ともえじょう》〟に結ばれているかに見える東池、西池の二つの池は、静まり返っていた。界隈《かいわい》の有力な寺院や神社それに寺社奉行所が加わった申し合わせによって蛍ケ池(西池)の牡丹を護るため、観賞できる日に制限が加えられているからだ。曾《かつ》ては、いつでも自由であったのだが、花を持ち帰る不埒《ふらち》な奴が次次に現われるなどで高札が立ち、観賞日に制限が加えられることになったのである。

夜は目明《めあか》しや町内会の役員や有志が、拍子木《ひょうしぎ》を鳴らして交替で検《み》てまわっている。

一刻《とき》半ほどが、またたく間に過ぎたときであった。

対岸の山吹から水面の浮子《うき》へ何気なく視線を落とした竜之助の表情が、ふっと僅かに動いた。明らかに自分の方へと向かってくる、ひっそりとした足音を捉えたのだ。

不穏《ふおん》な気配では全くない。

竜之助は釣り竿を引いて脇へ寝かせ、ゆっくりと腰を上げてから振り返った。

雪乃が笑顔で、もう直ぐ其処《そこ》にまで近付いていた。

紫の風呂敷包みを、胸元で抱えるようにしている。

「これは一体……」

と、竜之助も微笑みはしたが、うまく言葉が見つからずに困惑《こんわく》した。

「大番頭に言われまして、お昼のお弁当に御重《おじゆう》をお持ち致しました」

「こ、これはまた……御重とは豪勢《ごうせい》な」

と、竜之助は更に困惑した。しかし、次には真顔を拵えて、やや強い口調で告げた。年の功であった。

「しかし、いけませぬな、一人でこのような所へ……不快な目に先日遭ったばかりではありませんか。若《も》し私が此処《ここ》にいなければ、ご覧のようにこの池の界隈は静まり返っています。人気《ひとけ》がありません。美しい女性の一人歩きには物騒すぎる。素姓あやし気な浪人が増えている江戸なんですぞ」

「はい。そう心得まして元気な手代二人を供《とも》にして参りました」

「え……」

雪乃が体を横に開いて半歩下がった向こう、表通りから東池に至る小路の中程に、なるほど若い手代風ふたりが立ってこちらを見ていた。

竜之助が表情を緩めて頷いてみせるよりも先に、手代風ふたりが揃《そろ》って頭を下げた。

「先生。釣果《ちようか》はいかがでございますか」

「あ、うーん。今日はどうも調子が悪いですな。まだ一匹も……」

「まあ……それでは一休みして、そろそろ時分時《じぶんどき》に致しませんか。私にお付き合いさせて下さいませ。大番頭からきつく言われて参りましたゆえ」

「困りましたなあ。いや、本当に困った」

苦笑まじりの竜之助と雪乃の小声での会話が始まると、手代二人は自分たちの役目は済んだと判断したのだろう、丁重に一礼して引き揚げていった。

「雪乃さん。ではこう致しましょう。御重は有り難く戴きます。しかし、貴女《あなた》はこのまま店へお帰りなさい。年老いた白髪頭の侍とは言え、私はまだまだ元気な独り身です。雪乃さんは名の知れた茶問屋のお内儀だ。このように静かな池の畔で、夫婦でもない二人が弁当などを開けるものではありません」

「でも先生……」

「後日に御重は綺麗に洗って返しに参りましょう。さ、この場で見守っていますから表通りに出て早くお帰りなさい。その方がよい」

「判りました。先生がそこまで仰いますなら」

雪乃が案外にあっさりと帰っていったので、竜之助は暫《しばら》くの間その場に佇《たたず》んで、彼女が消えていった方角をぼんやりと眺めていた。

「それにしても……似ている」

竜之助は己《おの》れのその呟きで、我に戻ってまた釣りを始めたが、心はまだ波立っていた。女女《めめ》しいことよ我《われ》は**男の和泉式部**《いずみしきぶ》か、と思って視線を牡丹咲き乱れる西池へ流した竜之助だった。

いつの頃からかはっきりしないが、この蛍ヶ池の畔――東池、西池を問わず

——には満月の夜になるとそれはそれは艶麗《えんれい》なる**和泉式部の亡霊**がしくしくと泣きながらボウッと現われる、と真《まこと》しやかに囁《ささや》かれるようになっていた。蛍ヶ池ではなく『式部池』と言う人もいる程だ。

和泉式部については改めて述べるまでもないだろうが、要点だけを簡略に綴《つづ》っておきたい。

秀《すぐ》れた情熱的抒情《じよじよう》歌人として知られた平安朝《へいあんちよう》中期の女流歌人和泉式部は、『恋の遍歴《へんれき》歌人』として高位の男たちから愛され、そして自身の情熱を赤裸裸《せきらら》に男たちへ捧《ささ》げた女性《ひと》でもあった。

歴史上はっきりとしている高位の男たちの一部はこの後に述べる人人であるが、その他にまだ数人はいたであろうと推量されているから、式部はまさに炎《ひ》の女性《ひと》と言えるのかも知れない。けれども太皇太后宮**昌子内親王**《しようし》に**両親が仕**《つか》**えていた**〝貴麗《きれい》な環境《かんきよう》〟の中に幼い頃からあった式部は、〝自身も高位の人人の生活に接してきている。だから炎《ひ》の恋《こい》の相手として、自分が身を置く〝貴麗な環境〟に害を及ぼすかも知れぬ下俗な男——人間形成のかたちから見て——には決して近付くまいと厳しく己れを戒《いまし》めてきたと推量される。

ここで式部の情熱の一部を急ぎ繙《ひもと》いてみよう。

最初の夫は太皇太后宮・権大進 橘《たちばな》和泉守道貞《みちさだ》（和泉式部の和泉は夫の官位より）、↓つぎに冷泉《れいぜい》天皇の皇子為尊《ためたか》親王との恋（しかし道貞を愛していた）↓為尊《ためたか》親王二十六歳で死去し、その実弟で情熱家で知られた敦道《あつみち》親王との恋（しかし道貞への想いはあった）↓敦道《あつみち》親王二十七歳で死去↓この世をば我が世とぞ思ふ望月《もちづき》の欠けたることもなしと思へば、と藤原《ふじわら》氏全盛を傲然《ごうぜん》とうたった時の最高権力者で権謀《けんぼう》家の藤原道長《ふじわらのみちなが》の家司で、従四位下左馬頭《さまのかみ》藤原保昌《ふじわらのやすまさ》が近付いてきて妻となる（が、やはり前の夫道貞が忘れられない）……。

以上、多感に過ぎた艶麗なる美女、和泉式部の情熱の一部に触れた訳だが、ほぼ生涯にわたって彼女は前の夫和泉守道貞のことが忘れられなかった、と幾つかの文献に目を通すうちに判ってくる。くるおしい恋に身を焦がしつつも……。

だから自分（式部）の道ならぬ激しい恋に怒って夫道貞が去ってゆくと、彼女は京の貴船《きぶね》神社に赴き嗚咽《おえつ》を堪《こら》え、神に次の一首を捧げて懸命に祈った。どうか去っていった夫に戻ってきてほしいと。

もの思へば沢のほたるも我身よりあくがれ出る玉(魂《たま》)かとぞみる

蛍ヶ池に艶麗なる和泉式部の亡霊が現われるとか、蛍ヶ池ではなく式部池だという噂や囁きはどうやら右の貴船《きぶね》神社の一首に端を発しているらしかった。

「べつに蛍ヶ池が式部池でもこの芳原竜之助はかまわぬが……」

と呟いた竜之助は、「では遠慮なく戴くか……」と御重の包みを膝《ひざ》の上にのせて開いた。

八

雪乃の弁当を大変おいしく食してすっかり空《から》にした御重を紫の風呂敷に包んで脇へ置いた竜之助は、釣り竿への関心を無くして、対岸の山吹の生垣をぼんやりと眺めた。甘酸《あまず》っぱいようないい気分だった。月の内の殆どを有能な門弟たちを相手に道場で激しく鍛えることを今も忘れていない己れの姿が、こういう解放感を味わえるときまるで別人のように思えるのだった。

「現在《いま》の私は恵まれているのであろうか……」

竜之助が甘酸《あまず》っぱい気分のなか、ぽつりと漏らしたとき、対岸で横に美しく広がっている旗本二百俵**加賀野**家の黄金色《こがねいろ》の生垣から、下男六平の横顔が現われた。

ただ、横向きの姿勢で現われたから、竜之助に見られたとは気付いていない。

六平の老いた皺深い横顔が、二度、三度と生垣の向こうで浮き沈みした。

どうやら剪定して地面に散らばった枝葉などを、掻《か》き集めている様子だった。

竜之助は六平の老いた顔が、こちらを向くのを待った。

何度目かに現われた六平が空を仰ぎ、疲れたように大きな溜息を吐いて手の甲で額《ひたい》の汗を拭《ぬぐ》った。

給金が安い小旗本家の下男の仕事は大変であろうな、と竜之助は思った。

加賀野家は、将軍直属親衛隊として知られる『五番勢力』二千数百名、つまり**大番**、**書院番**、**小姓組番**、**新番**、**小十人**の中で、最も恵まれていない**小十人**番士の職にあった。

各班（番）の勢力・力量は、各班の統括者（番頭《ばんがしら》）の家禄《かろく》（知行高《ちぎょう》）を検《み》れば、一目瞭然《いちもくりょうぜん》だ。

大番頭の知行高はその陣容の約七割が、**五千石以上**という目を見張るような大身家である。次いで**書院番頭**もほぼ大番頭に並び、この二番勢力が五番勢力の中では飛び抜けていた。

小姓組番頭はその陣容の約五割が**三千石以下**で、右の二番勢力とは知行高でかなりの差が見られるものの、それでも**大身家集団**の一翼を確《しっか》りと担っている。したがって大番、書院番、小姓組番のことを併《あわ》せて幕僚たちは『**番方三番勢力**』と称していた。

次に**新番頭**だが、その知行高は**千石**から**二千石**の間に集まっており、これとても四百石や五百石の旗本家から眺むれば大変な大身家であった。

問題は、生活の面での苦しさが目立つ**小十人**番士（平番士）だ。

驚いたことに、**小十人**の番士（平《ひら》番士）を命じられて先《ま》ず明示されるのが**十人扶持《ぶち》**である。えっ、とびっくりする読者のために再度述べるが、間違いなく先ず十人扶持が給されて、のち**百俵**が付与されるのだ。この百俵十人扶持が**小十**

人番士（平番士）の**基準高**であると理解して（覚えておいて）差《さ》し支《つか》えない。但《ただ》し、薄給ではあっても**小十人**番士は将軍直属の親衛隊であって〝御目見《おめみえ》以上〟だから立場は**旗本**であるという判断になる。

　この**旗本**の下に、**御家人**《ごけにん》という〝御目見以下〟の下級武士が位置付けされている。しかし、上層御家人《じょうそうごけにん》（そのような位置付けはないのだが）の中には百六十俵、百七十俵取りが実在したから、旗本・御家人両者の俸禄の境界は極めて曖昧《あいまい》という他ない。一応、二百石が旗本・御家人両者の俸禄の境界、という説があるらしいのだが、それだと旗本である筈の**小十人**番士（平番士）の処遇は余りにもひど過ぎる。江戸の富裕な商・町人が武士を指して、**百俵六人泣き暮らし**、と囁き笑うことがあるのだが、その**泣き暮らし武士**は、右の**小十人**番士（平番士）のことを言っていた。**十組構成の小十人**の組頭は三百俵前後、統率者である**小十人**頭《かしら》になると漸く千石をこえる者が現われてくる。

　他の四番勢力に比べ、余りにも苦苦しい差別であったが、これが動かすことの出来ぬ現実だった。

　二百俵取りの旗本**加賀野**家は**小十人**の平番士ではあったが、組頭を補佐する立場、つまり中堅《ちゆうけん》の上《うえ》に位置付けされていた。副《ふく》組頭という職位は存在しなかったから、そのあたりの立場だったと言えるだろう。

加賀野家の下男六平がなかなかこちらに気付いてくれないので、芳原竜之助は自分の方から声を抑え気味にして掛けた。

「これ、六平……」

声が届き、漸く六平が振り向いた。

「あ、これは芳原先生……」

六平の顔に笑みが広がったが、それは一瞬のことで、あとは硬い表情となって黄金色《こがねいろ》に輝く山吹の生垣の僅かな隙間《すきま》に、老いた体を横にして差し入れた。

山吹の枝をパキピキと小さく鳴らして、こちら側に出た六平は、池の畔に沿って竜之助の許《もと》へ小駈けにやって来た。

その表情にいつもの明るさがないと判って、竜之助はフッと嫌な予感を覚えた。

加賀野家では前《さき》の当主で隠居《いんきよ》の信右衛門が、風邪《かぜ》をこじらせ体調を崩して容《よう》態《だい》が余り良くないことを、竜之助は六平から告げられている。

「どうしたのだ。顔色が少し冴《さ》えないが……」

竜之助は釣り竿《ざお》を休めて、近寄ってきた六平の方へ姿勢を改めた。

「は、はあ……釣《ちょう》果《か》はいかがでございますか先生」

「釣《つ》籠《りかご》の中は、まだ空っぽだよ。それよりも……これ、六平。御隠居様の信右衛門殿の体調、もしや宜しくないのではないか」

「はい。その通りなのではございますが……実はそれよりも……」

そこで六平は言葉に詰まったかのように、ぐっと息を呑《の》み込んだ。

「実はそれよりも？……どうしたというのだ」

「昨日の午後、美咲《みさき》様が嫁ぎ先の鷹野《たかの》家より、突《とつ》然お戻りになられました」

「なに、美咲殿が……体調でも崩されてか？」

「それが……」

「どうしたのだ六平……申せ」

「加賀野家の下男に過ぎない私からは……矢張《やは》り申し上げられません」

「長く加賀野家に奉公して信頼されている六平ではないか。差し支えない部分だけでも言えぬのか」

「先生、美咲様がなぜお戻りになったか、その内にお判りになりましょう。私の口からは、お戻りになった、という事実だけをお伝えさせて戴きます」

「なれど六平……」

「それではこれで失礼いたします。先生、非礼をお許し下さい」

六平は深深と頭を下げると、逃げるように小駈けで離れていった。

竜之助は、六平の後ろ姿が黄金色《こがねいろ》の山吹の向こうへ消え去るのを、茫然《ぼうぜん》と見送った。

六平が言った**美咲**《みさき》とは加賀野家の一人娘で、若い頃は茶道、書道、歌道（短歌）に秀《すぐ》れ**今小町**《いまこまち》と評判の女性《ひと》だった。小旗本にすぎぬ家柄のことなどいささかも気にせず、凜《りん》とした気性とやさし気な美しさで、大身・中堅旗本家の長男、次男あたりから引手数多《ひくてあまた》だった。

今の年齢《とし》は竜之助よりも二歳下（五十六歳）である。

（なぜ美咲殿は鷹野《たかの》家から戻ってきたのだろう……六平の口ぶりは、体調宜しくない高齢の父親（隠居・信右衛門）の見舞に訪れた印象ではなかった……それに、**突然**お戻りに、とわざわざ**突然**を付した表現の仕方がいつもの六平らしくな

い）

と、休まらぬ胸騒ぎで剣客らしくない苛立ちに襲われながら、竜之助は釣り具を手早く片付けた。

美咲が嫁いだ鷹野《たかの》家は、旗本小納戸《こなんど》衆六百石の家柄で、**将軍に近侍《きんじ》**する役職だけに、六百石という石高に似つかわしくない程の威勢があった。旗本二百俵取り**小十人番士**である加賀野家から眺むれば、少し大袈裟な表現になるが、将軍に近侍する旗本小納戸衆六百石の鷹野《たかの》家は〝雲の上の存在〟だった。つまり美咲は〝玉《たま》の輿《こし》に乗った〟のである。しかしながら見る人が見れば、つまり更に高位の幕臣から見おろせば、〝小納戸衆は将軍身辺の雑事係に過ぎない〟と見えてくる。

竜之助は、落ち着かぬ気持で家路《いえじ》についた。

余程のことがない限り、美咲が生家（加賀野家）へ戻らぬことを、竜之助はよく知っていた。

加賀野家は、**先代当主であった信右衛門**が若い賄《まかな》い女中**節《せつ》**に手を付けて生ませた**信侍郎《のぶじろう》**が、現在《いま》の当主となっていた。

美咲の母親は彼女に弟、つまり加賀野家の後継者を生んでくれたのであったが、不運にも産後間《ま》もなく母子ともに亡くなっていた。

したがって加賀野家の現当主**信侍郎**《のぶじろう》は美咲にとって異母弟であり、その生みの母親で気性の確りした**節**《せつ》は〝他人〟だった。

とは言え現当主信侍郎の実の母であり、また先代当主であった信右衛門が家族構成として認め公儀への手続きも問題なく終えているのであるから、加賀野家は**信侍郎・節によって**まぎれもなく成立しているのだった。

その加賀野家へ美咲は、父信右衛門の見舞のためだけでは何となく帰り難い。

その美咲が**突然**戻ったと六平は言う。

(おそらく普通でない何事かがあったのだ……鷹野家で)

胸の内で呟き、竜之助は人の往き来で賑わう市谷梅町通《いちがやうめまちどお》りの茶問屋『山城屋』の前を過ぎ、次の石畳小路を左へ折れた。

急ぎ住居《すまい》へ戻りたい気分であったのに、その気分が変わっていた。住居《すまい》とは逆の方角だった。

九

人の往き来すくない石畳小路は一町《ちょう》半ばかり行くと、よく手入れされた明るい**地蔵榉**《じぞうかんば》の林へと吸い込まれていく。

市谷梅町通りの商人組合の者たちが俗に**徳川林**《とくがわばやし》とも呼んで、組合として自発的な手入れを欠かさず大事にしている林だった。

この地蔵榉《じぞうかんば》の林はさほど広くはなかった。林を抜けたところに青竹に囲まれた**地蔵稲荷**《じぞういなり》の古い社《やしろ》があって、中に三尺丈ほどの石地蔵が一体と木彫の母子狐《ぎつね》の像が祀《まつ》られている。菩薩《ぼさつ》様が直ぐに思い浮かぶ**地蔵**と、キツネの印象が強い**稲荷**とがくっ付いて**地蔵稲荷**とはまた珍しい。しかし神君家康《いえやす》公が関ヶ《せきが》原《はら》の戦《いくさ》（慶長《けいちょう》五年・一六〇〇）および大坂《おおさか》冬・夏の陣（元和《げんな》元年・一六一四〜一六一五）の際に深く頭《こうべ》を垂れて祈願したという真しやかな言い伝えがあって、商人組合の人人からは「御利益《ごりやく》大なり……」と敬《うやま》われ信心されていた。**徳川林**の俗称はそのあたりから来ているのであろうが、誰が言い出したのかは判っていない。

芳原竜之助は、地蔵樺《じぞうかんば》の林の手前で立ち止まると、晴れた青い空を仰いで溜息を吐いた。眉間《みけん》に皺を刻んでいる。

地蔵樺《じぞうかんば》は日当たりのよい明るいさわやかな場所を好み、大和国《やまとのくに》（日本）自生の、樺の仲間では最大級の樹木で、大きいのは軽く高さ七丈（約二十一メートル）をこえる。

竜之助は表情を少し改めると、明るい林の中へ入っていった。

石畳小路は綺麗に掃き清められている。大きな木洩れ日《こもれび》が絵模様のように奥まで続き、その木洩れ日の中に時おり、飛び去る小鳥が影を落としたりした。

「なつかしい……」

竜之助の口から呟きが漏れた。この林は住居《すまい》から全く遠くはない位置にあるというのに「なつかしい……」とは、一体どういうことなのであろうか。眉間に刻んだ皺がいっそう深くなって、彼の表情はどこか苦し気であった。実は彼は、出来る限りこの地蔵樺の林へは近付かぬようにしていた。

彼は林を抜けると、目の前、南北に走っている美しい白玉石《しらたまいし》の敷き詰められた通りの手前で動きを休めた。

そしてその場で、魚釣りの道具を足下に置いた。竜之助の表情が、南北の彼方にまで敷き詰められている白玉石の美しさに思わず、「ほう……」と緩んだ。

彼が知っているのは、強い雨が降るとぬかるみとなる砂利道だった。〝徳川林〟や地蔵稲荷が地域の人人によって余りにも大事にされていると知った公儀が、半年以上も前にそれまでの砂利道に、白玉石を敷き詰めたのだ。どうやら寺社奉行所が動いてくれたらしい。

地蔵稲荷は、その白玉石《しらたまいし》の通りの直ぐ向こうに、すっと伸びた青竹に囲まれてあった。青竹の林などではない。一本一本数えられる程度のよく育った茎の太い青竹だ。

「許して下され。若さゆえに……若さゆえに」

名だたる剣術家である竜之助がなんと呻くように呟いて両の掌を合わせ、地蔵稲荷に向かって頭《こうべ》を垂れたではないか。白玉石の通りを向こうへ渡ろうともせずに。

長い合掌《がっしょう》を終えて漸く白玉石の通りを渡った竜之助は、青竹の囲みの手前で再び、地蔵稲荷に向かって更に掌を合わせ、苦し気な真剣な表情で「お許しを……」と呟いた。彼は何を地蔵稲荷に対して詫びているのか？　江戸では高名な剣客であるというのに、なんとまあ、その目にはうっすらと涙さえ浮かべているではないか。

竜之助は合掌を解き、青竹の囲みの中へ入った。地面すれすれに刈り取られた青竹の茎が、そこら辺りに数多く目立っている。矢張り人の手が入って成育する青竹の本数は抑えられていたのだ。それだけに地蔵稲荷を囲む青竹は一本一本がよく育ち、茎はがっしりと太く瑞瑞《みずみず》しい青さだった。

竜之助は社《やしろ》の三段の階段を上がって広縁に立つや一礼し、**花狭間戸**《はなはざまど》に手をかけ、そっと奥へ押した。

拵えの大きくない社《やしろ》であったから、薄暗い屋内に祀《まつ》られている石地蔵と母子狐の像は直ぐさま竜之助の目に入った。

竜之助は社の中へは入らずに広縁に姿勢正しく正座をすると静かに平伏した。

彼はそのまま、微動さえもしなかった。

それもそのはず。目の前の石地蔵と母子狐の像に詫びつつ、遠い昔の出来事を思い出す余り、既に己れを見失いかけていた。剣客としてあるまじき、自己喪失に陥《おちい》りつつあったということだ。その現実のなさけない姿さえ、今の竜之助にはもはやよく見えていなかった。

社《やしろ》の中で犯した遠い昔の〝事《こと》〟による自己喪失だった。許されざるその〝事〟に、心が乱れ、呼吸《いき》さえも乱れ出していた。

いま脳裏を占めているのは、やわらかくふくよかな若い女体であった。その若い女体の肌の上で竜之助の青年としての手が激しくやさしく狂おしく躍《おど》っていた。喘《あえ》ぎと喘ぎがぶつかり合う、炎《ひ》のような若い二人の悶《もだ》えだった。気と力みなぎる青年剣士竜之助は一度では終わらず、二度目を噴いて呻き、三度目の痙攣《けいれん》に見舞われて背中を反らせた。

竜之助を受けて泣き出してしがみついてきたその女《ひと》の頬《ほお》に、やはり大粒の涙で濡《ぬ》れた我が頬を彼は押し当てた。

その女《ひと》の名を、加賀野美咲と言った。石地蔵と母子狐の像を前にしての、それが竜之助と美咲の初めてにして最後の〝罰当《ばち》たりな〟悲憤《ひふん》のまじわりだった。

「お許し下され……愚《おろ》かであった若かりし頃のこの私を」

そう呟いて長い平伏を解いた竜之助は、社《やしろ》の花狭間戸《はなはざまど》を閉じて広縁から下りた。

孫らしい幼子の手を引いた老人とその妻らしい身形《みなり》のよい三人が熟《じ》っとこちらを見ていたが、竜之助は気にしなかった。どことなく大店の隠居らしい印象だ。

竜之助は自分の足下に視線を落として、美咲との最後の別れは確かこの足下辺りで向き合っていた、と思い出した。

「さらばだ。嫁《とつ》がれても体を労《いたわ》ることを怠《おこた》ってはならぬ。私にとっては生涯、そなた只《ただ》ひとりと約束しよう」

竜之助は美咲に告げた自分の別れの言葉を、今でも覚えている。そしてその言葉を堅く守り、今もひとり身であった。

嫁ぐ美咲が竜之助の手に愛の形見として残したものは、一本の掛け軸に書された歌であった。

月影にわが身を変ふるものならばつれなき人もあはれとや見む

書を得意とする美咲が流麗な筆勢《ひっせい》で揮毫《きごう》したものである。

古今集『恋の歌』で**壬生忠岑**《みぶのただみね》が詠《よ》んだこのうた（短歌〈和歌〉）を、美咲は大変好んでいたのであろう。あるいは別れる人に贈るうたとしては、最もふさわしいと悲しく思い込んでいたのかも知れない。

短歌が**和歌の本質**であることは改めて述べるまでもない。

万葉集では恋の歌というのは**『相聞《さうもん》』という部**でうたわれている。たとえば**額田王**《ぬかたのおおきみ》が**近江天皇**《あふみのすめらみこと》に恋をして――**君待つと我《あ》が恋ひをればわが屋戸《やど》のすだれ動かし秋の風吹く**――と詠んだのが**『相聞《さうもん》』**に編まれている。

しかし**古今集**では、女と男の間で揺れ動く慕情《ぼじょう》・恋心のうたは**『恋の歌』という部**で、独立して編まれている点に大きな特徴があると言えよう。

因《ちなみ》に、関白《かんぱく》・藤原頼忠《ふじわらのよりただ》の子、藤原公任《ふじわらのきんとう》が柱となって（中心となって）平安朝後期に編まれた秀歌三十六人撰――**三十六歌仙**――というのがあるが、その代表歌人のひとりが、**壬生忠岑**《みぶのただみね》であることを付け加えておきたい。但《ただ》し彼は、三十六歌仙の中における立場・位《くらい》は極めて微官《びかん》（階級低い官僚の意）とされていた。左《さ》近衛将監《こんえのしょうげん》や摂津権大目《せつつのごんのだいさかん》など庶民の目には偉い人と映る地位に就いていたと推量されているが、はっきりとはしていないようだ。

竜之助は釣り具を手にすると、老夫婦に軽く会釈《えしやく》をし家路《いえじ》についた。

今から三十年以上も昔のこと。

美咲の父親信右衛門は、美しいひとり娘が貧乏道場の息子（竜之助）と付き合っていることを、はじめから快《こころよ》く思っていなかった。道場主である芳原源之助頼熾（竜之助の父親）について耳に入ってくる情報もすこぶる宜しくない。けれどもかわいい娘が、日暮坂の小天狗とかへ想いを強めていく様子に対し、制止など思い切った強い手を打てないでいた。娘に大きな心の傷を与えてしまうのではないか、と。それほど信右衛門は娘を心底大事に思ってきた。また大事に思ってきたからこそ、日暮坂の小天狗とかが気に入らなかった。

そのような時であった。将軍に近侍《きんじ》する旗本小納戸衆六百石鷹野家から、美咲に是非《ぜひ》にとの縁談が舞い込んだのは。しかも、小納戸頭取《とうどり》・従五位下《じゆごいのげ》千七百石の**原松三郎兵衛高頼**《はらまつさぶろべえたかより》が間に立った縁談だった。将軍に近侍する幕臣も、たとえ職務内容が何であれ、さすがにこれくらいの地位にまで上り詰めると、好むと好まざるにかかわらず強力な『権威』が付いてまわる。

原松三郎兵衛高頼は、美咲の父親信右衛門の一段階《だんかい》上の上司（いわば大上司《おおじょうし》）である小十人頭《がしら》千二百石の**福林聡之進**《ふくばやしそうのしん》とは馬庭念流神田《まにわねんりゅうかんだ》道場で腕を鍛え合った、いわば〝念流の同期・同志〟という親しい間柄だった。

この縁談は、竜之助を快く思っていなかった美咲の父親信右衛門にとっては、まさに〝渡りに舟〟だった。

小納戸頭取・従五位下千七百石の**原松三郎兵衛高頼**の縁談の進め方は、剣友である小十人頭千二百石の**福林聡之進**を動かしての、圧倒的に重重しいものだった。

それゆえ美咲は小十人組の平《ひら》番士である父、信右衛門の御役目上の立場を思うと、頑《かたく》なに鷹野家の縁談を拒《こば》むことが出来なかった。愛し合っていた若い美咲と竜之助にとっては、それこそ足下が激震に見舞われたかのような人生の一大事であった。けれども封建《ほうけん》社会のこの世においては彼方《あちら》の武家、此方《こちら》の公《く》家《げ》などでよく見られたことであって、とくべつに珍しい出来事ではなかった。

だから美咲は激しい想いで決意した。愛するひとに全てを捧げてから嫁ごう……と。

これこそ彼方《あちら》の武家、此方《こちら》の公家などでよく見られたことでは、決してなかった。

その燃えあがった悲しい別れから既に三十余年が経《た》っている。

十

竜之助は住居《すまい》へ戻って庭の片隅にある納屋《なや》に釣り具を片付けると、「どっさりと釣ってくるぞ……」と約束した通《かよ》いの下働き雨助の顔を見ないようにして、再び日差し明るい外に出た。月に二日間しかない『教養の休日』を有意義に使いたいという気持が、いつになく強かった。

何処へ行くのか彼は足を速めて目指した。かつて日暮坂の小天狗と称され、今や江戸では五傑の一人に数えられる大剣客にして大道場の主人《あるじ》らしくない強《こわ》張《ば》った表情だった。

彼が辿《たど》り着いた所は、矢張り黄金色に山吹が咲き満ちている〝其処《そこ》〟であった。

加賀野家の黄金色に眩しい生垣が、竜之助の目の前にあった。

彼は生垣に沿ってゆっくりと歩き、端まで行って引き返し、これを三度繰り返した。

しかしながら……「昨日の午後、美咲様が嫁ぎ先の鷹野家より、突然お戻りになられました」と六平が言った美咲の姿は、現われなかった。六平の姿も見つからない。

もっとも樹木を大事に育てている加賀野家の庭であったから、生垣のこちら側から庭内の隅隅までがよく見渡せる訳でもない。

竜之助は「あと一度……」と決めて、黄金色の生垣に沿って、ゆっくりと歩んだ。三十余年もの間、一度も会わずして忘れられなかった美咲の姿を求めて。

だが木立《こだち》ゆたかな加賀野家の庭は、静まり返っていた。

竜之助は生垣の端まで来て、「駄目か……」と絶望に陥りかけながら、力なく戻った。

と、生垣に間近い、豊かに垂れ下がる藤の花に覆《おお》われた**藤棚**の下で、何かがチラリと動いたような気がして竜之助は動きを止めた。

彼は一気に躍《おど》り始める我が心の臓を思った。三十余年ぶりに会えるかも知れぬ愛《いと》しい人の面影《おもかげ》は、胸の内で若い時のままだった。

竜之助は辺りを見まわしてから、誰にも見られていないと判って、「もし……」と藤棚に向かって声を掛けた。

なんという事か。「はい……」と直ぐに涼《すず》やかな澄《す》んだ美しい声の返事があった。ああ……と竜之助の顔に喜びの色が広がった。忘れもしない愛《いと》しい女《ひと》、美咲の声であった。間違いない、と思った。

竜之助は抑え気味な声で、藤棚に向かって告げた。

「私です。竜之助……一刀流日暮坂道場の芳原竜之助頼宗です」

美咲に決して忘れられてはいない、という確信はあったが、竜之助は念のため〝一刀流日暮坂道場〟を付け加えて名乗った。

「まあ、竜之助様……」

澄んだ声の主が〝藤の花の扉〟をそっと押し開くようにして、藤棚の外に現われた。

竜之助は思わず前へ、二、三歩進んだ。見紛《みまご》うことなき美咲であった。髪はすっかり白くなり目もとの皺は目立っていたが、娘の頃の美咲そのままの美しい姿が、竜之助の目の前にあった。

竜之助は時の流れが逆流し始めたような錯覚《さっかく》に襲われ、自分がみるみる若返ってゆくような気がした。

「変わっておられない。お元気であられたか……」

「はい。元気に致しております」

「三十余年ぶりです。お幸せでしたかな……」

「はい、幸せでございました」

美咲は藤棚の所からは近寄って来ようとはせず、ひっそりと微笑んだ。

幸せだった、と返ってきた言葉に竜之助は失望を感じる余裕もない程に、高《こう》揚《よう》していた。

「この三十余年の間、私はそなたのことを忘れたことがなかった。私は今もひとり身です」

「私も忘れたことがございませんでした」

「真《まこと》ですか」

「ええ、真《まこと》でございます」

「私のことを、ずっと想い続けていた……そう言うことですね」

「はい。ずっと想い続けておりました」

「だから幸せだった、と先ほど申されたのか」

美咲は再びひっそりと微笑んで頷いた。竜之助の胸は高鳴った。

「突然に鷹野家より戻って来られたようだが、何か事情があってのことですか？」

「え？……」

小首を傾《かし》げた美咲の表情からそれまでの笑みがスッと消え、眉間《みけん》に不快そうな皺《しわ》が刻まれた。

竜之助は少し慌てた。

「あ、いや、これは失礼。他家の事に口を挟むべきではありませぬな。お許し下され」

「ええ。他家の事に口を挟むべきではありませぬ」

「仰る通りです。あの……積もる話をゆっくりと交わしたい。最後の別れの場所であった地蔵稲荷へ、明朝《みょうちょう》の五ツ半頃（午前九時頃）に来て下され。是非にも」

「五ツ半頃……」

「はい。五ツ半頃……この竜之助、来られるまでお待ちしている。宜しいですね」

美咲はちょっと思案するかのように豊かに美しく垂れ下がっている藤の花へ視線を移したが、それはほんの短い間のことで、こっくりと頷くと藤棚の奥へ消えていった。

竜之助の胸は喜びに打ち震えた。自分でも、まるで幼子のようだ、と思った。夢のようであった。

三十余年も想い続けてきた美咲《ひと》なのだ。寂しさと虚《むな》しさに打ちのめされそうになりながらも、剣の修行に激しく打ち込んできた三十余年であった。

若し剣の修行というものがなかったならば、自分は遠《とお》の昔に朽《く》ち果てて地中に埋もれていただろうと思うのだった。美咲を炎《ひ》の如く想い続けることで、**昔の**

剣《つるぎ》今の菜刀《ながたな》、に陥ることがなかったのだと信じている。

竜之助は、喜び騒ぐ落ち着かぬ気分で、日暮坂の住居《すまい》へ戻った。

通いの下働きである雨助とサエの老夫婦が、広い道場の床を乾いた雑巾《ぞうきん》で乾《から》拭《ぶ》きしていた。

床を清めるというよりは、床板の光沢《こうたく》を深めるための乾拭きだった。素足で猛稽古に打ち込む大勢の門弟の足裏の脂は、長い年月の間に木の脂質と微妙に混じり合う。

その床を丹念に乾拭《からぶ》きし磨き上げることで、はじめ白木の床だったのが次第次第に渋い光沢を放つようになり、今や一刀流日暮坂道場の床板は、黒に近い褐色《かっしょく》の光沢を放っていた。

むろん門弟たちも稽古が終れば、時に床板を乾拭きする。旗本家の子息であろうとなかろうと。

「あ、先生。お帰りなさいませ」

道場入口の前を通り過ぎて居間へ向かおうとした竜之助に、雨助が広い道場の奥の方から声を掛けた。夫の雨助と肩を並べていた女房のサエもこちらを見て顔いっぱいに笑みを広げている。

「お、床磨《ゆかみが》きをしてくれていたのか。二人とも年齢《とし》だから余り無理をせぬようにな」

竜之助は道場へは踏み入らず、雨助とサエに笑顔を返した。

「先生、お湯（風呂）を沸かしてございますよ」

サエが笑みを消さぬ表情で言った。

「そうか。それは有り難い……」

竜之助は華やいだ気分に陥っている自分が、よく見えていた。見えていることが満足だった。ひとり身に耐えて、ずっと想い続けてきた愛《いと》しい女《ひと》と、言葉が交わせたのだ。これが喜ばずにおれようか、と思った。江戸で名だたる剣客であることなどは、忘れていた。女女《めめ》しい自分であることよ、とも思わなかった。正直に喜ぶことが、美咲に対する己れの慕情《ぼじよう》が、不動であることの証なのだ、と信じた。

彼は居間へ行かずに二刀を帯びたまま、浴室へ行った。

湯船に入り、そのまま丹念に手拭いで体を洗った。三十余年の間、湯船に浸《つか》って手拭いで体を洗うという行儀の悪いことは一度たりともしてこなかった竜之助だった。

明日《あす》、自分と美咲の間にはきっと何事かが生じる……最後の別れの刻《とき》のようなことが。

竜之助はそう思って、湯の中から出した両の掌《て》を見た。美咲と共に激しく狂おしく燃えあがって結ばれたときの感触の全てが、己れの掌《てのひら》に今もはっきりと残っているように思った。

そして……夢のような激しいそのときの悶《もだ》えが、瑞瑞しいかたちできっと再現するような気がした。

十一

翌朝。

竜之助が地蔵稲荷を訪れたのは、美咲に告げた五ツ半頃（午前九時頃）よりもかなり早い、辰《たつ》ノ刻過ぎ（午前八時過ぎ）であった。

さすがに殆ど一睡もせずに今朝を迎えた竜之助だったが、気分は爽《さわ》やかだった。

彼は社《やしろ》の裏手に回った。そこに畳を七、八枚敷き詰めた程度の、丸《まあ》るい小さな池がある。

水は透明で深さは人の膝くらいまでであろうか。池の底の何か所から滾滾《こんこん》と清水《しみず》の湧き出ているのがよく見える。

池の名前はもともと無いのだが、人人は清水ケ池《しみずがいけ》などと呼んだりしている。鮒《ふな》も目高《めだか》も棲《す》んでいない平和で静かな池だが、なぜか体が綺麗に透《す》き通《とお》った体長一寸にも満たない小蝦《こえび》だけが群れている。地蔵稲荷の直ぐそばにある池だから、その小蝦をとって甘辛く煮つけたり、油で揚げて酒の肴《つまみ》にしようなどと不埒《ふらち》なことを考える者はいない。

竜之助はその小蝦が池の底でやさしく這《は》いまわっているのを、腰を下ろし身じろぎもせず熟《じ》っと眺め、刻《とき》が次第に五ツ半に近付いてゆくのを待った。

剣客としての磨き抜かれた鋭い五感は、絶えず社《やしろ》の反対側に向かって放たれていた。足音、呼吸《いき》づかい、着物の袂《たもと》の振れる音、それらを捉《とら》え逃《のが》してはならぬ、と真剣だった。

今日の竜之助は、大刀を帯びてこなかった。腰にあるのは切れ味が秀《すぐ》れる実戦刀で知られた美濃《みの》伝和泉守兼定《いずみのかみかねさだ》の脇差一本だけだった。実戦刀の最右翼にあると言っても許される脇差の名刀だ。美咲を三十余年振りに間近《まぢか》としたとき感きわまって思わず抱き寄せてしまうかも知れない、そのとき大刀の柄《つか》は邪魔となる、そこまで考えて彼は大刀を帯びてこなかった。

「そろそろかな……」

竜之助が呟いて腰を上げたとき、彼の表情が動いた。

足音を捉えたのだ。

しかも、急ぎ近付いて来る、小駈けの足音だった。

竜之助は着物の裾前《すそまえ》の乱れを手で押さえながら小駈けに急ぐ美咲の姿を想像し、社《やしろ》の表側へ回った。

「あ……」

竜之助は思わず茫然となった。

なんという事か。息急《せ》き切って駈け寄って来たのは美咲ならぬ、加賀野家の奥向きの雑用を担《にな》っているカネだった。加賀野家の忠実な下僕六平の女房で、竜之助もよく知るカネである。

「よ、芳原先生……」

カネは竜之助の前まで来ると、乱れた呼吸《いき》を鎮《しず》めようと、異常なほど強張っている表情を尚歪《なおゆが》めて、二度三度と大きく胸を膨らませた。そして、そのあと激しく咳《せ》き込む。

「どうしたのだカネ。落ち着きなさい。落ち着いて話しなさい」

「先生……お嬢様は……美咲様は此処《ここ》へはとても来られないのでございます」

長いこと加賀野家と共に人生を歩んできた六平とカネは、若い頃からの美咲のことをよく知っていた。とくにカネは、下女奉公を勤めながら、美咲が屋敷から出かける際には、付き人としての役目もしてきた。だから彼女にとっては、年を重ねた美咲ではあったが、今でも〝お嬢様〟なのだ。生活が楽ではない薄給の下級旗本加賀野家である。下男にしても下女にしても、余裕をもって幾人も雇える家格ではなかったから、カネは若い頃の美咲の〝お側付《そばつき》〟のような存在だった。したがって美咲と竜之助との若い時分の激しかった交際については、よく弁《わきま》えている。

「此処へはとても来られないとは、どういう意味なのだカネ」

「実はお嬢様は……美咲様はご病気なのでございます」

「病気？……カネは病気だと言う美咲から、私がこの地蔵稲荷で待っていることを聞いたのか」

「いいえ先生。昨日お嬢様と先生が山吹の生垣越しに話を交わしておられましたとき、私は藤棚の奥に控えていたのでございます」

「なに、では私と美咲の会話は全てお前の耳に入っていたのか」

「どうかお許し下さい。何も盗み聞きを致した訳ではありません。どうか……」

「謝らなくともよい。若い頃の美咲に、目立たぬよう忠実に付き添ってきたカネなのだ。したがって昨日、あの場にお前が目立たぬように控えていたことは、少しも不自然ではない。気にしなくてよい」

「ありがとうございます先生……本当に申し訳ありません」

「それにしても、昨日の美咲は元気に見えたが……一体どのような病《やまい》なのだ」

「それはあの……あの……私の立場では申し上げることが出来ないのでございます」

「うむ。ま、その気持、判らぬでもないが……どのような病《やまい》なのか知ってはいるのだな」

「はい先生……」

「症状は重いのか？　もう一度言わせて貰《もら》うが、昨日《きのう》の美咲は大変元気そうに見えたのだ」

「………」

「そうか判った。お前に問うてこれ以上苦しめてはいかぬな。帰ってよいぞ。美咲の傍《そば》にいてやってくれ」

「先生」

「ん？」

「お嬢様は今も決して芳原先生のことを忘れてはいらっしゃいません。私は、そう確信してございます」

カネはそう言うと、両の目からはらはらと大粒の涙を流し、一礼して逃げるように竜之助の前から離れていった。

(何事かがあったのだ。重大な何事かが……)

次第に離れてゆくカネの老いた背中を見守りながら、竜之助はそう思った。

十二

翌朝から一刀流日暮坂道場は、二日間の休日『教養の日』を取り戻そうとでもするかのように、門弟たちの猛稽古で再び活況を呈《てい》し始めた。

日暮坂の四天王と称されている高弟の**塚野文三郎**《つかのぶんざぶろう》、**倉内庄兵**《くらうちしょうへい》、**大池吾朗**《おおいけごろう》の男剣士《おとこけんし》三名、そして二天一流小太刀剣法の皆伝《かいでん》に近い女剣士《おんなけんし》の**笠原舞**の四名が、師の兵法思想に沿って道場をよく監理統制していた。

したがって竜之助が道場へ顔を出して指導するのは原則として、午前中の半刻(一時間)あるいは午後の半刻のどちらかであった。**四天王**による規則正しい監理統制を評価し尊重してやっているのだった。

この朝、竜之助は居間の広縁に座したまま、黙然《もくねん》として動かなかった。カネの言葉を繰り返し思い出しながら、その中から美咲の病《やまい》とかを探り出そうとした。

だが、判らなかった。見当もつかない。

竜之助が最も衝撃を受けたのは、カネがはらはらと流した大粒のその涙であった。

尋常《じんじよう》ならざる涙、竜之助はそう捉えて心を暗くした。

「どうすればよいのか……」

竜之助は悶悶《もんもん》として、考え続けた。美咲と三十余年ぶりに、手が届く間近で会いたかった。

庭には日差しが降り注ぎ、道場からは稽古熱心な早出の門弟たちの鋭い気合いが聞こえてくる。

こういった〝生活の光景〟を竜之助は大変好んできた。心身が充実するのを覚えるのだ。

ところが今朝は、明る過ぎる日差しも、道場から聞こえてくる門弟たちの力強い気合いも、負担に感じた。もっと、そっとしておいてくれ、という気分だった。

（此処で腕組をして考え込んでいても仕方がないな……）

竜之助は腰を上げた。熟《じ》っとしておれなかった。カネが言った「お嬢様は今も決して芳原先生のことを忘れてはいらっしゃいません。私は、そう確信してございます」という言葉が、今頃になってジワリと胸深くに食い込んでくる。

竜之助は床《とこ》の間《ま》の大小刀を腰に帯びた。

このとき「先生お早うございます……」という声が広縁の道場の方角から聞こえてきた。庭に面しているゆったりとした拵えの明るく長い広縁は、道場まで真っ直ぐに続いている。だが門弟たちは、**接見室**から先の竜之助の〝居宅の部分〟へは無断で立ち入ることが出来ない。**接見室**を過ぎた所にきちんと正座をして、声を掛けるのが作法となっている。

竜之助が居間から広縁に出てみると、当道場四天王のひとり**笠原舞**が着物姿のまま姿勢正しく正座をしてこちらを見ていた。書院番頭四千石旗本**笠原加賀守房則**の息女（十九歳）であることについては、既に述べてきた。

四天王たちの朝稽古はいつも早い。ただ舞については、大身旗本家の姫としての茶道、華道、香道、そして学問などの習い事があることから、稽古は毎日という訳にはいかなかった。

「や、お早う。まだ稽古衣に着替えておらぬが、どうなされた。今朝の稽古はお休みかな」

竜之助は舞に近付いて接見室へと促し、向き合って座った。

舞に対する竜之助の口調はいつもやわらかだった。舞が名の知られた大身旗本家の姫ということもあるが、弱冠十九歳の女性《おなご》にして二天一流剣法の小太刀業を見事に極めようとしているということに対する尊敬に近い驚きが手伝っている。

「はい、今朝はこれから父の供をして、二、三の大身旗本家を回ることになってございます。直ぐに屋敷へ戻らねばなりませぬ」

「左様か。お父上の御用はよく勤めてさしあげることじゃ。なにしろ高位の幕僚であられるのじゃ。毎日がお忙しいことであろう……しかし、そのことをこの私に告げるためにわざわざ道場へ出向いて参られたのか」

「父は芳原先生にも、是非にも早い内に御挨拶《ごあいさつ》申し上げたいという気持を持っておりまする。それで今朝、先生の御都合を急ぎ聞いて参るようにと……」

「ん？　この私に挨拶を？……舞殿、お父上に何ぞあられたのかな」

「実は、父は一昨日《おとと い》、城中にて老中会議を経《へ》るかたちで千石ご加増の内示を受けたのでございます」

「おお、千石ものご加増とは、めでたい。大変めでたい。それ程のご加増ならば、御役目上の責任も重くなられたのでは？」

「はい。ご加増の内示を受けました後、**若年寄心得**《わかどしよりこころえ》であり**番衆総督**《ばんしゅうそうとく》でもある**西条山城守貞頼**様の部屋（『総督の間』）に召され、これまでの書院番頭から**番衆総督心得**への陞進《しょうしん》内示を受けましてございます」

「これはまた何たる栄誉であることか。番衆総督心得への陞進とは番衆総督の地位が約束されたようなもの。非常にめでたい」

「ありがとうございます。父のこの人事の内示にともないまして西条山城守貞頼様は、**正式に若年寄の地位に**登り詰められまして一万石を許されなさいました」

「江戸庶民に知らぬ者とてない西条山城守様じゃ。〝**一万石大名**〟に上がられたことで、市井《しせい》の人人より一層のこと尊敬されることであろうな」

「それが、山城守様は〝**一万石大名**〟の拝命を固辞なされまして、〝旗本一万石〟ならば有り難く嬉しく拝受すると申されたそうでございます」

「ふむ。さすが武官《ぶかん》この上《うえ》もない人《ひと》、と言われているだけの事はあるのう舞殿。山城守様は、将軍家をお護りする旗本の立場に背を向ける積もりはない、と態度で主張なされたのであろう」

「先生の仰る通りでございます。まさに武官の中の武官。山城守様のこの主張に上様は目を細めてお喜びになられたそうで、**旗本一万石西条家**が実現いたしました」

「若《も》しかすると、旗本二万石西条家、旗本三万石西条家、と続くかも知れぬのう舞殿」

「いえ、先生。さすがにそこまでは……」

「いずれにしろ、お父上、笠原加賀守様のお申し出、この芳原竜之助頼宗、恐縮の上にも恐縮して嬉しく承《うけたまわ》りましたと、お伝え下さい。日時のご都合はむろん、お父上にお合わせ致します」

「有り難うございます。では、これより急ぎ屋敷へ戻り、父に伝えまする」

「ときに舞殿……」

「はい？」

「書院番頭という重職にあられる笠原加賀守様のご息女である舞殿は、たとえば中小旗本家の出来事とか噂《うわさ》などを耳にされたりなされますかな？」

「それは殆どありません。父は私《わたくし》に対して中小旗本家の事に限らず、御役目に関しては殆ど話してはくれませぬゆえ……」

「責任あるお立場だけに、そうでしょうな。いや、これは失礼な事をお訊《たず》ねした。許されよ」

「ただ、仲の良い母とは色色と話を交わしているようです。その母が、私《わたくし》に対しポツリと情報を漏らすことはありましても、それは極めて稀《まれ》と申せましょう」

「最近、中小旗本家に関し、なにか母上から聞かされたことは？」

「先生、若しや何処その旗本家に絡む何かで、ご心配を抱えておられるのではありませぬか」

「いや、なに。ある旗本家の病弱なご子息を、私の道場で鍛えてほしい、という依頼が親しい友から持ち込まれてな。その病弱なご子息の父親は、立派な武《ぶ》の人《ひと》らしいのだが」

申し訳ない、と胸の内で舞に詫びながら、苦し気に言い做《な》す竜之助だった。

「左様でございましたか。武《ぶ》の人《ひと》で先生、母からチラリと聞かされたのを思い出しました。半月ほど前に**旗本家武徳会**《ぶとくかい》という催《もよお》しがございまして……」

「**旗本家武徳会**?……はて、余り耳にせぬ名の催しだが」

「中小旗本家が中心となって威武《いぶ》の高揚《こうよう》と懇親《こんしん》目的で二年に一度、催される剣術大会でございます」

「ほう、そのような剣術大会があるとは知らなんだな……」

「とくに権威のある大会ではございません。規模も表彰もささやかなもので、二年に一度の催しのため、大身旗本家では全く関心を持っておりませぬ」

「それで?……」

「半月ほど前に催されたその剣術大会で、はじめて死者を出す騒ぎがございました」

「真剣ではなく、当然木刀による大会なのであろうな」

「勿論《もちろん》でございます」

「なぜ死者が？」

「一方が相手の胴へ寸止めの有効打を放って、審判が一本を告げた瞬間、敗者が勝者の眉間《みけん》と横面《よこつら》を連打したのでございます」

「なんと無茶な。寸止め業《わざ》は、受ける側の安全のために、打ち込む側は切っ先へ全気力を集中させる。そのために全身はある意味でスキだらけとなるのじゃ。それを捉えて敗者が攻めるとは剣士にあるまじき卑怯者《ひきようもの》。許せぬな」

「その卑怯者は小普請組旗本七百石信河《しながわ》家の三男和之丈高行《かずのじようたかゆき》と申し、赤坂富士見坂下《あかさかふじみざか》にあります無想流《むそうりゅう》兵法道場の高弟で、その剣の腕は相当なものと評判のようでございます」

小普請組とは無役の旗本・御家人を集めた組織で、『小普請支配』の監理下に置かれる。

「無想流兵法道場か。確か三、四年前に京《みやこ》より江戸入りしたと噂の道場だな舞殿」

「はい。昇段免許制を〝売り〟にする道場で、かなりの隆盛ぶりのようです。今や我が一刀流日暮坂道場に劣らぬ規模の道場を構えているとか……」

「ふ……昇段免許制で大繁盛という訳か。どうせ昇段免許を交付の度《たび》に、高額の段位登録料などを徴収しているのであろう」

「はい。どうやらそのようでございます」

「して、試合の勝者でありながら、敗者から卑劣な攻めを受けた御仁《ごじん》は、その後どうなったのじゃ」

「暫く意識なく寝たきりであったようですが、ついに亡くなられたようでございます。母の話では、ほんの三、四日前のこととか……」

「気の毒に。が、剣術試合での事故は、余程のことでない限り罪にはならぬからのう」

「信河和之丈高行《しながわかずのじょうたかゆき》は、そうと判っていて非道に走ったのではないか。そのように囁く旗本たちが少なくないようでございまして……」

「二人の仲は日頃から悪かったのか」

「仲が良い悪いよりも先生。亡くなった旗本氏《はたもとうじ》はここ三回連続して大会第一位の座を手にしていたらしく、和之丈高行《かずのじょうたかゆき》は決勝でどうしても勝てず、第二位に甘んじていたと申します」

「悔しさの余りの非道……そう言うことだな。で、亡くなられた旗本氏《はたもとうじ》の名は、何と仰る？」

「先生、それだけは申し上げられませぬ。どうかご容赦《ようしゃ》下さいませ。騒動が自然と鎮《しず》まるように、と大会関係者は皆、胸を痛めていると申しますゆえ」

「そうか……そうだな、判った」

「では先生。私は屋敷へ戻ります」

「うむ。足を止めてしまったのう。すまぬ」

「それではこれで……」

舞が出てゆき接見室が静かになると、竜之助は妙な胸騒ぎに襲われ出した。

十三

白髪美しい五十八歳の竜之助が、眩暈《めまい》を覚える程の大衝撃を受けるのは、舞が屋敷へ戻るため接見室を出てから間も無くのことであった。

暫く接見室で腕組をして考え込んでいた竜之助のもとへ、「先生、失礼いたします……」と、稽古着《けいこぎ》の高弟の塚野文三郎が顔を見せた。

竜之助が「ん？　どうした……」と腕組を解いた。

「ただいま玄関先に旗本加賀野家の六平が、先生に大事な御用がある、と見えておりますが」

一刀流日暮坂道場で長く修行を続け、竜之助の代稽古《だいげいこ》まで務める立場にある塚野文三郎は、ときに道場を訪れることがある六平とは顔見知りである。とは申せ、もう長いこと道場へは姿を見せていない六平だった。

「六平が？……よし、私が出よう。門弟たちの指導、頼んだぞ」

「畏《かしこ》まりました」

塚本は鋭い気合いが放たれている道場へと、下がっていった。

若しや六平は女房カネの昨日の話に絡む用で訪れたのではあるまいか、と思った竜之助は、玄関へ急いだ。剣客のなせる業なのであろう。無意識の内に腰の大小刀をやや腹前へと調《ととの》えていた。竜之助得意の『居合斬上《いあいきりあげ》』抜刀の位置だ。

竜之助が玄関へ行ってみると、式台の向こう明るい日の下に、六平が真っ青な顔で立っていた。

その六平が竜之助の顔を見るなり、履いていた草鞋《わらじ》を脱ぎ飛ばして式台にあがった。

「せ、先生。お嬢様を、美咲様を、どうかお救い下さいまし。美咲様が……美咲様が自害を……」

「なにっ。自害とは一体どういう事だ六平」

聞いて竜之助の顔からも血の気が失《う》せていった。

「美咲様のご子息が……美咲様のご子息が亡くなられたのでございます。それで……」

「ご子息？……それは旗本小納戸《こなんど》衆六百石鷹野《たかの》家の御当主ということだな」

「はい」

「ご病気でか」

「いいえ……いいえ、無念の死でございます」

そう言うと、六平はワッと泣き伏し、肩を激しく震わせた。

「しっかり致せ六平。ここではまずい。こちらへ来なさい」

泣き伏す六平の腕《かいな》を摑《つか》んで立たせ、脱ぎ飛ばした草鞋《わらじ》を足下に揃えてやった竜之助は、自分の雪駄《せった》を小慌て気味に履き、六平を促《うなが》して庭の方へ急いだ。

「落ち着いて話をしてくれ六平。大事な部分を抜いて話されると、私の方がうろたえてしまうではないか。自害した美咲はどうなのだ。亡くなったのか」

血の気が失せた顔色で訊《たず》ねる竜之助の唇は、わなわなと震えていた。

「いいえ。傍《そば》に付いておりましたカネが気付いて一瞬早く飛び掛かり、美咲様が手にしておりました懐剣を夢中で奪い取りました」

「と言うことは、美咲は無事なのだな」

「は、はい……」

六平が頷き、竜之助は思わず空を仰ぎ、安堵《あんど》の息を吐き出した。

「よかった。懐剣を夢中で奪い取ったカネに、怪我《けが》はなかったか」

「掌《てのひら》に小さな切り傷を拵《こしら》えましたが、大事はありません。平気でございます」

涙を流して話しながらも、次第に落ち着いてゆく忠義者の六平だった。

「美咲のご子息……つまり旗本六百石鷹野家の御当主というのは……」

「四年前に鷹野家を継がれました今年三十四歳になられます九郎龍之進《くろうたつのしん》様でございます」

「九郎……龍之進とな」

「はい」

六平は涙でくしゃくしゃの自分の顔の前に、指先でたどたどしく九郎龍之進と書いてみせてから、付け加えた。

「剣術に長《た》け、凜《りん》たる風格のそれはそれは立派な御当主様でした」

「その若き御当主が、無念の死を遂げたとはどういうことなのだ。まさか、御《お》家騒動《いえそうどう》でも？……」

「お家騒動など、とんでもございません。すでに亡くなられました先代様には御側室があられ一男一女をもうけられましたが、今は神田橋《かんだばし》の小さな別邸にて倹《つま》しくひっそりとお暮らしでいらっしゃいます」

「では、九郎龍之進様の無念の死というのは？」

「剣術大会で勝利したにもかかわらず、相手の、つまり敗者の卑劣極まる打ち返しを眉間と横面……」

「待て六平……」

竜之助は、険しい表情で六平の言葉を途中で折った。

「その剣術大会というのは若しや、中小旗本家が中心となって威武《いぶ》の高揚《こうよう》と懇親目的で催された**旗本家武徳会**ではあるまいな」

「先生、その旗本家武徳会でございます。旗本家武徳会でございます」

思わず弾《はず》んだ声となった六平の目から、新たな涙がこぼれ落ちた。

「確認するぞ六平。試合に敗れたにもかかわらず、卑怯な打ち込みを勝者の眉間と横面に加えたのは、小普請組旗本七百石**信河**《しながわ》家の三男**和之丈高行**《かずのじょうたかゆき》……そうなのだな」

「おお、先生、ご存じでございましたか。ご存じでございましたか……」

涙をこらえることが出来ず、両手で顔を覆い、肩を震わせる六平だった。

「あと一つ念押しだ六平。その信河《しながわ》和之丈高行は、赤坂富士見坂下にある**無想流兵法道場**の高弟にして大変なる強者《つわもの》……それに相違ないな」

「ございません。其奴《そやつ》でございます。其奴の非道なる剣が九郎龍之進《くろうたつのしん》様を……」

「よし判った六平。よく知らせてくれた。お前は加賀野家へ戻り、美咲の身傍《みそば》にいるであろうカネを助け、暫《しばら》くの間は美咲から目をはなさぬようにしてやってくれ」

「勿論《もちろん》でございます先生。ですが先生、まだ大切な大切なお話が残ってございます」

「うむ、聞こう。申せ」

「あの……あの……無念の死を遂げられました九郎龍之進様は……」

六平はそこまで言うと再び両手で顔を覆ってしゃくりあげ、しゃがみ込んでしまった。

竜之助も腰を下ろし、六平の両の肩を、両手で確《しっか》りと摑んだ。

「六平や、よく聞きなさい。お前がそのように心を乱してしまう気持、判らぬではない。しかし、それ程に苦しみを深めてしまうお前を見ると、私はどうすればよいのか困り果ててしまうではないか。語ることが息が止まるほどに苦しければ、話の結論だけでもよい。飾り言葉などは無用ぞ。さ、言いなさい」

六平が涙でぐしゃぐしゃの顔を上げた。

「は、はい、先生。申し訳ありません。三十余年もの昔、先生と美咲様は苦しみながら、お別れなさいました。そして、婚儀の準備・手筈《てはず》が調《ととの》うた一月半《ひとつきはん》の後、美咲様は悲しみの涙をこらえて、鷹野家へ向けて生家を発《た》たれました」

「うむ、その通りだ……お前もカネも、そのへんの事はよく承知している、と私は心得ておる」

「けれど先生のご存じないことがございます。生家をお発《た》ちになるほんの少し前、お嬢様は私とカネをそばにそっと招いて、こう囁かれたのでございます。神様が私に大事な御方《おかた》のややをお授《さず》け下された……と」

「なにっ」

「このことを知るのは、〝今の今〟に至るまで私とカネだけでございます。先生……先生……九郎龍之進様は先生の……」

竜之助は大きく目を見開いて六平に顔を近付けた。

「私の子……であると言うのか。そうなのか」

「まぎれもなく、九郎龍之進様は、先生のお子でございます」

「六平。直ぐにもそのことを美咲の口から直接に聞きたい。美咲と会う手筈を調えてくれぬか」

「更《さら》に悲しく悔《くや》しい事実をお伝えしなければなりません。美咲様は……お嬢様は、九郎龍之進様が面相が潰《つぶ》れた酷《ひど》いお姿のまま意識を失って亡くなる迄《まで》の間に、深い悲しみに打ちのめされ、精神《こころ》を失っておしまいになり、ご自分が誰かさえも判《わか》っておいでにはなりません」

「それでは理解できぬ。もそっと具体的に詳しく言ってくれ」

竜之助はもう頭の中が真っ白となり、顔色も無かった。

「はい。面と向かっている相手を見分けることも、すじの通った会話をすることも美咲様は出来ないのでございます。相手の言ったことをただ、真似《まね》るかたちで言葉を返すことしか出来ないのです先生」

竜之助は、ハッとなった。

そう言えば、藤棚の所で話を交わしたとき、返ってくる美咲の言葉に不自然さがあったと気付いた。

「何という事だ六平。それは余りにも認めたくない悲劇《ひげき》以上の悲劇ぞ。あの美しく聡明《そうめい》であった美咲が、蟬《せみ》の脱《ぬ》け殼《がら》のようになってしまい、尚《なお》かつ我《わ》が身のことさえも判《わか》らぬ老《お》いた女性《ひと》と化してしまったというのか……ひど過ぎる」

竜之助は唇を震わせながら振り絞るような掠《かす》れた声で言うと、よろっと立ち上がり、目にいっぱい涙をためて歩き出した。力ないその足もとはとても、江戸剣術界にその名を知られた剣客のものではなかった。ふらふらと弱弱しく、打《う》ち萎《しお》れた後ろ姿は、白髪だけが美し過ぎるただの老いた一人の男にしか見えない。

立ち上がった六平は、表通りへ出て行こうとする竜之助のあとを「先生……」と追いかけようとしたが、剣客らしからぬ竜之助のよろめく足もとに気付いて茫然《ぼうぜん》と立ち竦《すく》んだ。目に大粒の涙を浮かべながら茫然と。

十四

六日が過ぎた。

芳原竜之助頼宗はその間《かん》、「どうやら風邪《かぜ》をひいたらしい……」を理由に、道場の差配《さはい》を高弟の塚野文三郎に任せ、自分はひたすら内に閉じ籠《こ》もった。内に閉じ籠もる、とは言っても居間に座り込んで悶悶《もんもん》としていた訳ではない。通いの下働きである老夫婦、雨助とサエとはいつも通り話を交わしたし、サエが調えてくれる食事には必ず箸《はし》をつけた。

ただ、この六日の間の夕餉《ゆうげ》は、外食に頼ってきた竜之助だった。つまり道場屋敷にいるのは午前中と午後の八ツ半（三時）頃までだったという事である。

この日も竜之助は、午後の八ツ半過ぎに目立たぬよう道場屋敷を出ると、道場東側の格子窓《こうしまど》が表通りに面している、その格子窓にそっと近付いて、見物する十数人の町衆の後ろから道場を覗き込んだ。鋭い気合いを発して打ち合っている大勢の門弟たちの間を縫うようにして、高弟の塚野文三郎が力強い声で指導をしている。

（私も老いた。いずれこの道場は、塚野に譲ってやらねばな……）

竜之助は胸の内で呟き、格子窓から離れ足を急がせた。

いつも身綺麗な彼らしくなく、白い不精髭《ぶしょうひげ》が目立ち始めていた。

この六日の間、彼が先ず足を向けるのは、件《くだん》の山吹の花が見事な黄金色《こがねいろ》の生垣だった。

ひと目、我が精神《こころ》を失《な》くしたという美咲に会いたいためだったが、叶《かな》わなかった。

竜之助は、山吹の生垣を訪ねるのは、今日を最後にするつもりだった。それなりの理由があった。

今日もいい天気だった。浮雲ひとつ無い吸い込まれそうな青空が広がっている。

竜之助は足を急がせながら、腰の業物《わざもの》、**出羽大掾藤原来國路**《でわのだいじょうふじわらのらいくにみち》を帯の上からひと撫《な》でした。

大堰川に沿った通りを右へ折れて旗本・御家人の小屋敷が建ち並ぶ**花屋敷通り**に入ると、山吹の生垣がそう遠くない左手先に見えてきた。正面の突き当たりは輪済宗幸山院である。芳原家の菩提寺だ。

竜之助は立ち止まり、幸山院に向かって深深と頭を下げると、再び歩みを速めた。

山吹の生垣に近付くにしたがって、竜之助の顔に失望の色がひろがった。美咲が生垣の向こうに、いる様子はなかった。

藤棚を眺めて「駄目だ……」とこぼし、竜之助は肩を落とした。庭へ出られぬほどに美咲の精神《こころ》の状態は悪化しているのだろう、と想像して竜之助は長居を諦めた。老いた胸が悲しく軋《きし》み鳴ったような気がした。

踵《きびす》を返して次に目指す場所へ、と竜之助の足が何歩か前へ動いた時だった。

「もし……」

と、背後から澄んだ声が掛かって、竜之助は反射的に振り返った。

藤棚から出た所に佇《たたず》む美咲が、こちらを見て明るく微笑んでいた。

絶望と悲しみに打《う》ち拉《ひし》がれた女性《ひと》の笑みではなかった。そのこと自体が深刻な状態を表わしている、と解した竜之助は、力なく肩を落として山吹の生垣に歩み寄った。

彼は辺りを憚《はばか》るようにして、低い声で告げた。

「美咲、私だ。竜之助だ。芳原竜之助頼宗だ」

すると美咲は、明るい笑みを一層華やかにし、丁寧に御辞儀をした。まるで少女のような御辞儀だった。

竜之助は目の前が霞《かす》むのに耐え、夢中で訴えた。

「月影にわが身を変ふるものならばつれなき人もあはれとや見む」

すると……何ということか、美咲の顔から笑みが消え、硬い表情になったではないか。

反応があった、と解した竜之助は、更に、月影に……と繰り返した。

だが美咲は、気分を害したかのように、ぷいと藤棚の奥へ姿を消してしまった。

それきりだった。

竜之助は青ざめた顔で山吹の生垣を、あとにした。予想していたより重い美咲の症状であると思った。

竜之助は重く暗い気分で、次の行き先へと足を向けた。余りの悲劇に、悲しみの感情はむしろ薄らいでいた。それよりも息苦しいほど体の隅隅が重く、そして闇色と化していた。

竜之助は、赤坂富士見坂下の無想流兵法道場へと急いだ。

気分が透き通りそうな青天ではあったが、すでに西日は濃さを増していた。

無想流兵法道場の位置は、承知している竜之助だった。拵《こしら》え殊《こと》の外《ほか》古い戦《せん》勝《しょう》神社《じんじゃ》を背後にした堂堂たる大道場だ。

この近くに分社を持つ戦勝神社は、源《みなもとの》頼朝《よりとも》の有力御家人として知られた江《え》戸《ど》太《た》郎《ろう》重長《しげなが》が、合戦に次ぐ合戦の勝利を祈念して建てたと伝えられているが、それを証する史的文献等は見つかっておらず言い伝えにもあやふやな点が少なくない。しかし、江戸太郎重長が源頼朝の有力御家人として近侍したことは確かで、彼の一族郎等（郎党とも）はこれによってよく栄えた。因《ちなみ》に、この時代（平安・鎌倉期）の御家人とは、上級貴族や武門の家臣、もしくは将軍に直属する武官を指して言い、江戸期の貧窮《ひんきゅう》武家を代表する御家人とは直接には比べられない。

竜之助は戦勝神社の広くもない境内《けいだい》の裏手から入って表に出ると、無想流兵法道場の塀に沿って狭い石畳小路を進み、広い通りへと出た。

空の片隅には夕焼けが現われ出していた。

竜之助は見物人ひとりいない無想流兵法道場の格子窓から、片目だけを使ってそっと覗いた。どうやら今日の稽古は終ったようで、当番らしい十数人が雑巾《ぞうきん》で広広とした道場の床や柱を拭《ふ》いている。

竜之助はこの道場の稽古時間を事前に調べあげて承知していた。

だから稽古が終った頃を見計らって、やって来たのだ。

竜之助は道場と向き合う位置にある『上方《かみがた》饂飩《うどん》の店』という小綺麗な店に入った。

いつものように、店内は賑わっていた。

饂飩《うどん》の店、となってはいるが、要するに飯屋だった。

竜之助が腰を下ろした小上がりはこの六日の間、彼が饂飩《うどん》を食してきた席だった。広い通りに面して明かり取りのための、小さな格子窓があって、外を往き来する人人がよく見えた。

竜之助はいつものように、玉子とじ饂飩《うどん》と小碗の飯を食しながら、小窓から外の様子を窺《うかが》った。

この店で腹に入れる量は、この六日の間、加減してきた竜之助だった。剣客として『過食』と『気力』のかかわりを、よく心得ているからだ。年を取るにしたがって、そのかかわりが極めて顕著《けんちょ》となりつつあることを感じている近頃の彼だった。

すでに見なれた十三、四の小女《こおんな》がにこにこしながら、「どうぞ……」と白い湯気を立てている茶を運んできた。

「ありがとう」

「お侍さん今日は体の具合がお悪いのですか。饂飩《うどん》がいつものように減っていませんね」

小女は笑みを絶やさずに、囁いた。

「いや、なに。年齢《とし》を取ると、このような日もあるのさ」

「白い不精髭がないお侍さんの方が、私すきです……ふふっ」

「はは……すまぬ、剃《そ》るのが、ちょと面倒でな」

竜之助も笑みを拵えて囁き返したが、視野の端では外の様子を窺っていた。

ごゆっくり、と小女が離れていった途端、竜之助の表情が硬化した。視野の端で待ち構えていた奴を捉えたのだ。小普請組七百石信河《しながわ》家の三男、**和之丈《かずのじょう》高行《たかゆき》**である。

竜之助は小卓の上に音を立てぬよう小銭を置くと、小女が調理場に消えたのを幸《さいわ》いそっと外に出た。

少し先を、蜜柑色《みかんいろ》の夕陽を背に浴びながら、背丈軽く五尺七寸をこえる和之丈高行が頑丈そうな上体を僅《わず》かに左右に揺らせて歩いている。自信たっぷりな歩き様《よう》に見える。

鷹野九郎龍之進を、剣客としてあるまじき卑劣さで倒した和之丈高行ではあったが、彼は確かに無想流兵法道場の高弟であった。強いのだ。年齢《とし》は亡くなった三十四歳の九郎龍之進よりは二歳上の三十六歳。激しい鍛錬を経《へ》てきた武の者としては、強力な気力・熱力が肉体の内側で燃え続けている年代である。

「それに引き換え……」

竜之助は、がっしりとした和之丈高行の背中を見ながら尾行しつつ、力なく呟いた。

江戸剣術界で五傑の一人に数えられている己れの剣術、人格、教養に決して自信を失ってはいない竜之助ではあったが、その一方で、津波のように烈《はげ》しく押し寄せてくる〝老いの音〟に苛《さいな》まれていた。

『何事にも自信あり』と言いたげな後ろ姿を見せて、和之丈高行は両手を懐《ふところ》手《で》にして、やや足早だった。その理由《わけ》をこの六日間で、竜之助は摑《つか》んでいる。一日の仕事を終えて家路につく人人の往き来が目立つ通りを、三町ばかり進んだところで和之丈高行は立ち止まった。この辺りで必ず足を止め、後ろを気にしてか然《さ》り気《げ》無く振り返る彼の〝習性〟を、竜之助は既に承知していた。だから彼は小間物屋の前に聳《そび》える銀杏《いちょう》の古木の陰に、すうっと隠れた。このあとの和之丈高行の動きまで竜之助は把握《はあく》している。剣士にとって最も神聖な場である道場での稽古で汗を流したあとの、小普請組旗本家三男の行き先は、女の所であった。

竜之助が銀杏《いちょう》の木陰から出ると、和之丈高行の姿は消えていた。が、竜之助は慌てなかった。和之丈高行は後ろを振り返った場所から左へ折れた筈であったから。

竜之助がその場所に用心深く佇《たたず》むと、果たして件《くだん》の人物の後ろ姿は、そこから急勾配《こうばい》で続いている八十五段の切り石組の階段をあがっていた。急勾配の八十五段の石段だから、殆ど利用する者はいない。しかも階段の左右は密生する雑木《ぞうき》の林だからこの刻限には、かなり薄暗くなる。

竜之助も静かに石段を上がり出した。先を行く豪の者、和之丈高行とはかなりの隔《へだ》たりがあった。ひどく強張《こわば》っている竜之助の表情ではあったが、彼は袂《たもと》から細紐《ほそひも》を取り出して襷掛《たすきがけ》をした。

いや、実際は襷掛をしようとした、であった。細紐を取り落としてしまったのだ。

微かな、ぱさりという音。気付かれたか、と体を硬直させた竜之助は息を殺して、豪の者の後ろ姿を怯えたように見つめた。老いを意識することから来る怯えであると、判っていた。しかし相手は、確《しっか》りとした足取りを変えることなく、悠悠《ゆうゆう》の態で石段を上がってゆく。

竜之助は、ほっとして己れの両の手を見た。十本の指が小さく震えていると判って、唇を歪めた彼は力なく足もとの細紐を取り上げ、ゆっくりと襷掛を済ませた。

先を上がる和之丈高行が、石段を上がり切って、その後ろ姿がたちまちの内に消え去った。

石段を上がり切った所には、戦勝神社の分社の社《やしろ》があり、そう広くない平坦な境内《けいだい》は木立《こだち》が綺麗に刈り取られて天気の良い日には日差しがあふれ、見晴らしがよい。

竜之助も、足音を忍ばせるようにして、石段を上がり切って境内に立った。

和之丈高行が社《やしろ》に対して手を合わせていることは、すでに計算済みだ。その社《やしろ》の裏側に緩やかに蛇行《だこう》する下り道があって、下り切った所に界隈《かいわい》では人気の小料理屋『小梅《こうめ》』の裏木戸がある。

この『小梅』の若く美しい女将梅《うめ》が、和之丈高行の情婦だった。よく出来た女《ひと》だと常連客の評判はいいらしい。

竜之助は、和之丈高行が祈りを終えるのを待った。何を祈っているのか、竜之助に判る筈もない。また、関心もなかった。

和之丈高行の祈りが終って、両手が下がった。

社《やしろ》の裏側へ回ろうとして体位を横にした彼が、左目の視野の端に竜之助を捉えて、反射的に身構えたのはさすがであった。

が、次に、竜之助の襷掛《たすきがけ》に気付いて、ギョッとなった。

「なんだ貴様は……」

威圧感を言葉に詰めて放った和之丈高行の態度は、竜之助が耳にした噂《うわさ》どおりの傲岸《ごうがん》さであった。白髪美しい竜之助を、江戸剣術界の五傑のひとり、と知らないのであろう。胸を張ってのっそりと、三、四歩、竜之助に詰め寄った。見下した態度だ。

「後悔するぞ白髪爺《しらがじじい》。似合っていないその襷掛が何の目的かは知らんが、俺が何処《どこ》の誰か知らんようだな」

「………」

「名乗れ。それとも名無《なな》し爺《じじい》なのか」

口許《くちもと》にせせら笑いを浮かべる相手の態度に、思わず噴き上がってくる怒りを、竜之助は飲み込んだ。このような男に、ひと目会う事すら叶《かな》わなかった我が息子が殺《や》られたのかと思うと、怒りや悲しみよりも、悔《くや》しかった。名乗る気もしない。

「地獄に落ちるか爺《じじい》。無言のまま俺の前に突っ立っているなら、やむを得ん」

和之丈高行が笑みを消し、抜刀した。鼻腔《びこう》が広がっている。

それを待って竜之助も抜刀した。真剣勝負の怖さは、道場における木刀稽古の怖さの比ではない。

真剣勝負は、切っ先で掠《かす》め斬られただけでも、致命傷になりかねない。とくに頸部《けいぶ》や手首は。

竜之助はそろりと四、五歩ばかりを進んで相手との間を詰め、姿勢正しく正眼に構えた。

傲岸《ごうがん》剣客は、刀を手にしてだらりと下げたままだ。竜之助の襷掛《たすきがけ》が何を意味しているのか、考える様子すら見せていない。不快そうに鼻腔を広げている若い表情は、その一方で自信満満であると竜之助は読み取っていた。

竜之助は用心深く静かに腰を下げつつ正眼の構えを解いて、出羽大掾藤原《でわのだいじょうふじわらの》**来國路**《らいくにみち》を鞘《さや》に戻した。その鞘に戻した刀の柄《つか》から、竜之助の手は離れなかった。腰を低く下げた姿勢のまま、仁王立《におうだ》ちに近い相手の目を、下から熟《じ》っと睨《ね》めつける。

竜之助得意の『居合斬上《いあいきりあげ》』の構えだ。もう三十年以上にも亘《わた》ってこの刀法の修行と研究に打ち込んできた。

その構えを見て和之丈高行の表情が、漸《ようや》く硬くなった。

「金に困った白髪爺の単なる辻強盗か……と思ったが、お前一体何者じゃ」

二十歳以上も年上の竜之助に対して、お前、お前、を当たり前の〝教養〟とする和之丈高行であった。

竜之助は答えなかった。目の前の男と会話を交わすつもりは、はじめから無い。

何としても討《う》つ。それだけだった。

和之丈高行が眼を光らせて、下段に構えた。構えながら彼は、雪駄《せった》を脱ぎ飛ばして白足袋《しろたび》となった。

教養無き〝狼《おおかみ》〟が本気になった証《あかし》だ。それまでとは目つきが、ガラリと違った。

竜之助の上体が、前傾を深めて〝くの字〟となる。相手に向けた上目遣いが険しさを増し、狙う一点に集中していた。相手への恐怖はあった。なにしろ相手は若い。それに堂堂たる体軀《たいく》だ。全身が筋肉で引き締《ひし》まっているのがひと目で判る。

和之丈は目の前の老侍の構えに異様な圧迫感を覚えたのか、苛立《いらだ》ちの余り歯をギャリッと噛《か》み鳴らした。ふうふうと鼻で呼吸《いき》をしている。

このように粗雑《そざつ》な気性の武弁《ぶべん》でも大道場の高弟なのか、と竜之助は今の江戸の剣術界に失望を深くした。何処其処《どこそこ》の道場は金《かね》で免許を与える、という噂があちらこちらにある昨今の剣術界だ。

目の前の粗雑極まりない獣のような剣客に、一度も会えなかった我が息《そく》が殺《や》られたのかと思うと、悲しみは倍に膨らんだ。

「さあ、来やがれ、よぼよぼ爺《じじい》……」

憤怒《ふんぬ》を下品に撒《ま》き散らしながらも、いま一歩を踏み出せないでいる自分の闘志の〝不思議〟にまだ気付いていない和之丈高行だった。己れの脳裏の片隅で、小さな黒い点がチラチラと蠢《うごめ》いているのは感じたが、それが何かは判らなかった。

粗雑な豪剣客ゆえに判らなかった。

それは爺《じじい》に対する怯《おび》えだった。相手に対する〝殆《ほとん》ど感情化していない奇妙な〟怯えだった。背丈も体格も相手を圧倒し過ぎているがゆえに、自信と確信が膨らみ過ぎていた。

その自信と確信の粗雑な豪剣客が、構えを下段から上段へと移した。

実力さすがにあるだけに、スキの無い見事にして美しい上段構えだった。

青ざめた顔の竜之助が、すすっと再び相手との隔《へだ》たりを詰めた。しかし、まだ『居合斬上《いあいきりあげ》』が届く距離ではなかった。あと一歩と少し相手に迫らねばならない。だが、そうすれば相手の剛剣が唸《うな》りを発して頭上から降ってくる。

自分の頭が割られるか、出羽大掾藤原来國路《でわのだいじょうふじわらのらいくにみち》の切っ先が相手に届くか、まさに寸陰《すんいん》の差の勝負になる、と竜之助は覚悟せねばならなかった。丸太ん棒のような相手の腕が振り下ろす剣は、稲妻よりも速いと思わねばならない。

竜之助の両足の指十本が、それまで脱がなかった雪駄を、相手に気付かれぬようそっと後ろへ脱ぎ下げた。竜之助は素足、相手は白足袋《しろたび》。こうなると足の裏で小石が音を立てることすら無い。が、相手は白足袋でも、その足指の動《うご》き様《よう》は、竜之助には充分に読める。

竜之助がジリッと進み、和之丈高行の白足袋に隠された指十本が地面を嚙んだ。白足袋の中で彼の十本の足指がくの字に曲がったのを、竜之助は読み取った。

（来るっ）

と、竜之助は右の肩を地に向かって深めに下げた。老いた心《しん》の臓《ぞう》が激しく躍《おど》っていた。殺《や》られるかも、という恐怖が膝頭《ひざがしら》を震わせている。それを鎮《しず》めようと、竜之助は大きく呼吸《いき》を吸い込んだ。

相手の目が光った。竜之助の今の呼吸に気付いたのだ。

「いやあっ」

裂帛《れっぱく》の気合いで押《お》し放《はな》たれた和之丈の剛剣が、姿勢低い竜之助の後頭部へ打ち下ろされた。

ビィンという風切音。

竜之助は恐れの余り、両の目を閉じた。老いが恐れさせ目を閉じさせた。

真っ暗な中で、竜之助は渾身《こんしん》の祈りと共に、腰の愛刀を滑らせた。

『居合斬上』で鞘から放たれた**来國路**が、凄《すさ》まじい遠心力に引かれて跳ね上がる。

その跳ね上がった大刀の凄まじい勢いで、竜之助の上体が上向きにねじれた。

彼は**来國路**の切っ先に、手応《てごた》えを覚えた。硬いものを捉《とら》えた手応えだった。

だが、その刹那《せつな》。竜之助は左の耳に痛みを覚えた。激痛と言うよりは、冷痛といった表現が当たるような、冷たく鋭い痛みだった。

（耳を落とされた……）

と捉えた竜之助は、胸の内に一気に恐怖が拡大して逃げるが如《ごと》く大きく跳び退《さ》がった。首すじに生温《なまあたた》かなものがすうっと伝い落ちるのが判った。しかし、耳を失ったかどうかを確かめる余裕などはなかった。目の前の巨大な敵は、顎《あご》から鮮血をしたたり落としながら、尚《なお》も大上段の構えで躙《にじ》り寄ってくる。爛爛《らんらん》たる眼光だ。

来國路は相手の下顎を割っていた、と知った竜之助であったが、その成果で力づけられるよりも、全身から怒りを噴出する相手への恐れの方が大きかった。

「斬り刻んでくれる……」

嗄（しわが）れた怒声を放った和之丈の裂けた下顎が、ぱくぱくと口を開けたり閉じたりし、その度に血玉が地面に吹き飛んだ。

竜之助は、来國路を鞘に戻して、落ち着こうと焦った。躙り寄ってくる相手の足指は白足袋に隠されているが、竜之助には充分に読める。江戸剣術界五傑の一人、は伊達《だて》ではない。

相手の足指が、確《しっか》りと地面を嚙み、怒りを放ちながら竜之助に躙り寄った。

竜之助は、腰を沈めて右肩を下げ、相手を睨《ね》めつけた。剣客として自分の面相や気性がやさし過ぎることを、竜之助は自覚している。いわゆる、ドスの利かない面相であり気性であると。

だから必死の思いで相手を睨《にら》みつけ、『居合斬上』第二撃目の呼吸を調《ととの》えようとした。

それには、絶対に退がり過ぎぬことだった。退がり過ぎれば心理的に必ず動揺に見舞われることを竜之助は長い修行によって思い知らされている。

すでに喉がカラカラの彼は相手を睨みつけながら、はっきりとした動きで一歩前に進んだ。わざと大胆に動いた。

これは利いた。

下顎を割られている和之丈が、なんと二歩も退がった。

竜之助は視線を相手の血まみれの下顎に集中させ、更に隔《へだ》たりを縮めた。

来國路の柄《つか》を握る掌《てのひら》は、噴き出る緊張の汗で濡れていた。しめり、を通りこして。

竜之助の視線が自分の下顎に集中していると知って、和之丈は無想流兵法『正眼高位の構え』を取った。正眼の構えを、やや高く上げたものだ。これによって体格に勝《まさ》る和之丈の血まみれの下顎は、彼の剣の鍔、柄および両腕の向こうに確りと隠され、背丈五尺七寸余の竜之助の身構えからは殆ど見えなくなった。だが和之丈自身も己《おの》れの鍔、柄、両腕が邪魔となって、低い身構えの竜之助が見えにくくなる。

この一瞬を、老士《ろうし》竜之助は待っていた。絶対に見逃してはならぬ一瞬だった。支《ささ》え足《あし》（前傾姿勢の全体重を乗せている右前足）に渾身の力を込めて地を蹴るや、閃《せん》光《こう》のように相手にぶつかっていきざま**来國路**を撃ち放った。そう、まさに撃ち放ったの表現にふさわしい激烈な居合抜刀《ばっとう》だった。

来國路の切っ先が、相手の右膝頭《ひざがしら》をまともに強撃《きょうげき》。

ガシッという鈍《にぶ》い音。

「うおおおっ……」

膝蓋骨《しつがいこつ》（膝の皿《さら》）を割裂《かつれつ》され巨体をぐらりと傾けた和之丈が、喉《のど》を鳴らし獣のような咆哮《ほうこう》を発した。

頭の中を引っ掻き回されるような激痛が、膝頭から駆け上がってくる。

だが和之丈は無想流兵法道場の高弟である。

ぐらりと大きく崩れた姿をそのまま、和之丈は打撃力へとつなげた。それは、豪たる剣客の本能だった。反射的な本能だった。激憤《げきふん》に押された本能だった。

「面《めん》、面、面、面……」

和之丈は大声を発して打ち込んだ。狙いどころを言葉にして発するのは、剣客として下《げ》の下《げ》である。けれども膝頭から這《は》い上がってくる耐え難《がた》い痛みは、剣客に求められる冷静さを彼から奪い取っていた。それほどの痛みだった。

「おのれ、おのれ……」

片足を引《ひ》き摺《ず》りながら和之丈は打った、攻めた、わめいた。

竜之助も恐怖で頭の中は、真っ白になっていた。相手の刃を必死で受け止めたが、燃え盛る炎《ひ》のような凄まじい相手の乱打だった。刀法も糞《くそ》もなかった。乱打であり連打であった。そして振り下ろす半狂乱の腕力が物凄かった。

竜之助は幾度もよろめいた。倒れたなら一巻の終わりだ。寸刻みにされる。だから耐えた。

耐えながら反撃の機会を探った。余りに激しく速過《はやす》ぎる相手の動きの中から探ろうとした。

と、相手が予想だにしていなかった突然の異変に、見舞われた。

竜之助が相手の狂打《くるいうち》を避けようと三尺以上も跳び退がった途端、和之丈が頼っていた片脚を折るようにして前かがみに大きく崩れたのだ。地を這《は》うが如《ごと》く両肘両膝を折った赤子のようなかたちで。

竜之助は反射的に**来國路**を振り上げたが、ぐっと歯噛みして動きを止めた。

「立て……」

竜之助の囁《ささや》くような呻《うめ》き声だった。老いた彼の五体も、疲れ果てていた。

「立たぬか……剣客らしく構えよ」

「お、おのれ……」

和之丈は剣を杖《つえ》として立ち上がろうとしたが、沈んだ。沈んで再び這《は》い蹲《つくば》った。

「く、くそっ……」

彼はギリギリと歯を嚙み鳴らし、鬼面の形相《ぎょうそう》で悔し気《げ》に左手で地面を引っ搔き回した。おのれ、おのれ、と地団太《じだんだ》踏む思いなのであろう。そして再び剣を杖として立ち上がろうと試みた。

竜之助は、待ってやった。このあたりが秀《すぐ》れた剣客としての、彼の〝怒りの弱さ〟と言えば弱さだった。人の善《よ》さそのものだった。

和之丈が下顎から胸にかけて真っ赤に染め、剣を頼りに必死で立ち上がってよろめいた。さすが豪の者であった。くわっとした目付きで両脚を突っ張っている。

「刀を構えよ。さあ、構えよ」

竜之助が、ぐいっと眦《まなじり》を吊り上げて告げ、和之丈との間を詰めた。

転瞬！

和之丈の左手が、竜之助の顔面を狙って、下から力強く振られた。

左手に隠し摑《つか》んでいた砂が、まともに竜之助の目、鼻、口を叩いた。

「あっ」

と声低く叫んだ竜之助であったが、目にも止まらぬ速さで刀を裏返し――峰《みね》とし――それこそ全力を肩に集中させて振った。

視界を真《ま》っ暗《くら》にされたなか、ゴツッという鈍《にぶ》い音と手応えを、耳と両腕が捉えた。

けれども竜之助は、左の頰《ほお》に痛みを覚えて、がくんと膝を折った。やられたと思った。

目を瞬《しばたた》くと、砂で覆《おお》われた眼球の向こうに、空を仰《あお》いでのけ反《ぞ》らんとする相手が見えた。

側頭部が凹《へこ》んでいる。

来國路がまともに撃打していたのだ。

竜之助はくの字に折れかかった両脚を奮《ふる》い起《た》たせ、和之丈に飛び掛かった。

思い切り、**来國路**を振った。もはや剣術でも刀法でもなかった。怒り、それだけだった。

来國路の峰が正確に、豪の者和之丈の側頭部へ吸い込まれてゆく。

またしても鈍い音がして、鮮血が孔雀《くじゃく》の羽状《はね》に宙へと飛び散った。

その赤い扇状の中へ、竜之助は最後の渾身の一撃を放った。

地に引き込まれるようにして、和之丈の巨体がゆっくりと沈んでいく。

竜之助は肩を波打たせて呼吸《いき》をしながら、はらはらと涙を流した。砂を浴びたことによる涙ではなかった。和之丈の凶刃《きょうじん》によって、元の顔が判らぬ程に崩された一度も会ったことのない息子の無念を思っての涙だった。母美咲が受けた悲しい衝撃と苦悩を思っての涙だった。

和之丈の側頭部はまるで水飴《みずあめ》の如く溶け崩れていたが、彼の両の目はまだギラギラとした熱を放って竜之助を睨みつけ、口をぱくぱくさせていた。

竜之助は刃の血を懐紙で清め、静かに鞘へ納めた。闘いの余韻《よいん》を残しているかのように両の手が、ぶるぶると震えている。

彼は和之丈の傍《そば》へ歩み寄って、告げた。

「私は一刀流日暮坂道場の芳原竜之助頼宗じゃ。老いた剣客なんぞにおそらく関心のない、自信満満の若いお前でも、この年寄りの名くらいは知っていよう。どうじゃ」

聞いて和之丈の、ぱくぱくしていた口が鎮まった。

「それにのう。この儂《わし》は旗本小納戸衆《こなんどしゅう》六百石鷹野《たかの》家の当主であった**九郎龍之進**の実の父なのじゃ」

言い終えて竜之助は、ギラギラした目から次第に力を失っていく和之丈に背中を向けた。漸く小さな和みが、胸の内に生じつつあった。

どうやら斬られたらしい左の頰からの出血が糊状《のり》にゆっくりと続いていると判ったが、殆ど気にならなかった。この場でいきなり倒れて息絶えたとしても、満足だと思った。

そっと左の耳に手をやってみると、いつもの形を失っていた。耳介《じかい》の下の方が斬り飛ばされたようであったが、すでに糊状の血は固まり出している感じだった。

竜之助は社《やしろ》の裏側へ回ると、小料理屋『小梅』へ通じる緩《ゆる》やかに蛇行《だこう》した坂道を下り出した。この坂道を下り切った和之丈高行が、『小梅』の裏木戸を開けて忍《しの》び入《い》ることをこの六日の間、見続けてきた竜之助だった。

裏木戸を入って左手すぐの所に、井戸があることもすでに見届けてある。夕晴れがすっかり弱まって薄暗くなり出した坂道を、竜之助は社《やしろ》の前で横たわる和之丈のことなど一度も思い出すことなく下り切った。

目の前に『小梅』の裏木戸があった。竜之助は何ら躊躇《ちゅうちょ》することなく裏木戸を開けて庭内に入り、井戸端《いどばた》に立った。直《す》ぐ目の前に調理場の格子窓《こうしまど》があって、掛け行灯《あんどん》の明りの下で若い女三、四人が忙しそうに動いている。が、その内の誰が和之丈高行の女なのか、竜之助は知らなかったし関心もなかった。

彼は井戸水で、体を汚している血を静かにそっと清めると、着物の血の汚れは諦めて『小梅』をあとにした。勝手に他家へ忍び入って一言も声を掛けずに井戸を使い、黙ってそっと外に去るなど生まれてはじめてする経験だった。

にもかかわらず、何と不埒《ふらち》な自分であることか、などとは思わなかった。

一度も会うことのなかった息子の仇《かたき》が討てた、という満足感で体の隅隅が満たされていた。

着物が汚れていることもあって竜之助は夕方の路地から路地を伝って道場の裏門へと辿《たど》り着いた。

定められた稽古《けいこ》の時間を済ませて門弟たちは引き揚げたのであろう。道場は静まり返っていた。

竜之助は薄暗さを増した庭伝いに、居間へと急いだ。この刻限、下働きの雨助もサエもすでに帰宅している筈だ。風呂も夕餉《ゆうげ》も温めればよいだけにして。むろん雨助やサエの火の用心はいつも完璧だ。

竜之助は浴槽の格子窓の脇を過ぎ、柿の木のところを右へ曲がって、居間の広縁の前に立った。

炎矢《ひや》の一斉射を浴びたような大衝撃が、彼に襲い掛かった。

障子が開け放たれた居間に、予期せざる人がいた。

夕焼けが始まったのであろうか。床《とこ》の間《ま》の吉野窓《よしのまど》が朱色に明るく染まっている。

その床の間を背にして白髪美しい美咲が、雛人形《ひなにんぎょう》のようにつましい華やかさで正座をしていた。

「美咲……ひとりで……ひとりで此処《ここ》まで来たのか……道を覚えていたのか」

斬られた体の痛みなど忘れて、竜之助は声を詰まらせた。

美咲が、にっこりと御辞儀をし、竜之助も顔をくしゃくしゃにして御辞儀を返した。

「おかえり、美咲……」

竜之助の大きな涙がひと粒、広縁にぽつりと落ちた。


（夢と知りせば　完）

「門田泰明時代劇場」刊行リスト

ひぐらし武士道
『大江戸剣花帳』(上・下)
徳間文庫　平成十六年十月
光文社文庫　平成二十四年十一月
徳間文庫(新装版)　令和二年一月

ぜえろく武士道覚書
『斬りて候』(上・下)
光文社文庫　平成十七年十二月
徳間文庫　令和二年十一月

ぜえろく武士道覚書
『一閃なり』(上)
光文社文庫　平成十九年五月

ぜえろく武士道覚書
『一閃なり』(下)
光文社文庫　平成二十年五月
徳間文庫　令和三年五月
(上・中・下三巻に再編集して刊行)

浮世絵宗次日月抄
『命賭け候』
徳間書店　平成二十年二月
徳間文庫　平成二十一年三月
祥伝社文庫　平成二十七年十一月
(加筆修正等を施し、特別書下ろし作品を収録して『特別改訂版』として刊行)

ぜえろく武士道覚書
『討ちて候』(上・下)
祥伝社文庫　平成二十二年五月
徳間文庫　令和三年七月

浮世絵宗次日月抄
『冗談じゃねえや』
徳間文庫　平成二十二年十一月
光文社文庫　平成二十六年十二月
(加筆修正等を施し、特別書下ろし作品を収録して『特別改訂版』として刊行)
祥伝社文庫　令和三年十二月
(上・下二巻に再編集して刊行)

浮世絵宗次日月抄
『任せなせえ』　光文社文庫　平成二十三年六月
祥伝社文庫　令和四年二月
（上・下二巻に再編集し、特別書下ろし作品を収録して刊行）

浮世絵宗次日月抄
『秘剣　双ツ竜』　祥伝社文庫　平成二十四年四月

浮世絵宗次日月抄
『奥傳　夢千鳥』　光文社文庫　平成二十四年六月

浮世絵宗次日月抄
『半斬ノ蝶』（上）　祥伝社文庫　平成二十五年三月

浮世絵宗次日月抄
『半斬ノ蝶』（下）　祥伝社文庫　平成二十五年十月

浮世絵宗次日月抄
『夢剣　霞ざくら』　光文社文庫　平成二十五年九月

拵屋銀次郎半畳記
『無外流　雷がえし』（上）　徳間文庫　平成二十五年十一月

拵屋銀次郎半畳記
『無外流　雷がえし』（下）　徳間文庫　平成二十六年三月

浮世絵宗次日月抄
『汝　薫るが如し』　光文社文庫　平成二十六年十二月
（特別書下ろし作品を収録）

浮世絵宗次日月抄
『皇帝の剣』（上・下）　祥伝社文庫　平成二十七年十一月
（特別書下ろし作品を収録）

拵屋銀次郎半畳記
『俠客』（一）　徳間文庫　平成二十九年一月
浮世絵宗次日月抄
『天華の剣』（上・下）　光文社文庫　平成二十九年二月
拵屋銀次郎半畳記
『俠客』（二）　徳間文庫　平成二十九年六月
拵屋銀次郎半畳記
『俠客』（三）　徳間文庫　平成三十年一月
浮世絵宗次日月抄
『汝よさらば』（一）　祥伝社文庫　平成三十年三月
拵屋銀次郎半畳記
『俠客』（四）　徳間文庫　平成三十年八月
浮世絵宗次日月抄
『汝よさらば』（二）　祥伝社文庫　平成三十一年三月
拵屋銀次郎半畳記
『俠客』（五）　徳間文庫　令和元年五月
浮世絵宗次日月抄
『汝よさらば』（三）　祥伝社文庫　令和元年十月
『黄昏坂七人斬り』　徳間文庫　令和二年五月

『汝 想いて斬』（一）　拵屋銀次郎半畳記　徳間文庫　令和二年七月

『汝よさらば』（四）　浮世絵宗次日月抄　祥伝社文庫　令和二年九月

『汝 想いて斬』（二）　拵屋銀次郎半畳記　徳間文庫　令和三年三月

『汝よさらば』（五）　浮世絵宗次日月抄　祥伝社文庫　令和三年八月

本書は平成二十三年に光文社より刊行された『任せなせえ 浮世絵宗次日月抄』を上・下二巻に再編集し、著者が刊行に際し加筆修正したものです。

『夢と知りせば〈二〉』は書下ろしです。

一〇〇字書評

切り取り線

購買動機（新聞、雑誌名を記入するか、あるいは○をつけてください）	
□（　　　　　　　　　　　　）の広告を見て	
□（　　　　　　　　　　　　）の書評を見て	
□ 知人のすすめで	□ タイトルに惹かれて
□ カバーが良かったから	□ 内容が面白そうだから
□ 好きな作家だから	□ 好きな分野の本だから

・最近、最も感銘を受けた作品名をお書き下さい

・あなたのお好きな作家名をお書き下さい

・その他、ご要望がありましたらお書き下さい

住所	〒				
氏名		職業		年齢	
Eメール	※携帯には配信できません	新刊情報等のメール配信を 希望する・しない			

この本の感想を、編集部までお寄せいただけたらありがたく存じます。今後の企画の参考にさせていただきます。Eメールでも結構です。

いただいた「一〇〇字書評」は、新聞・雑誌等に紹介させていただくことがあります。その場合はお礼として特製図書カードを差し上げます。

前ページの原稿用紙に書評をお書きの上、切り取り、左記までお送り下さい。宛先の住所は不要です。

なお、ご記入いただいたお名前、ご住所等は、書評紹介の事前了解、謝礼のお届けのためだけに利用し、そのほかの目的のために利用することはありません。

〒一〇一-八七〇一
祥伝社文庫編集長 清水寿明
電話 〇三（三二六五）二〇八〇

祥伝社ホームページの「ブックレビュー」からも、書き込めます。
www.shodensha.co.jp/bookreview

祥伝社文庫

任《まか》せなせえ（下）新刻改訂版《しんこくかいていばん》　浮世絵宗次日月抄《うきよえそうじじつげつしょう》

令和 4 年 2 月 20 日　初版第 1 刷発行

著　者　門田泰明《かどたやすあき》

発行者　辻　浩明

発行所　祥伝社《しょうでんしゃ》

東京都千代田区神田神保町 3-3
〒101-8701
電話　03（3265）2081（販売部）
電話　03（3265）2080（編集部）
電話　03（3265）3622（業務部）
www.shodensha.co.jp

印刷所　萩原印刷
製本所　ナショナル製本
カバーフォーマットデザイン　かとうみつひこ

Printed in Japan ©2022, Yasuaki Kadota ISBN978-4-396-34793-2 C0193